KB273758

살면서 한번은 벽돌책

일러두기
·서지 사항에서 출간 연도는 국내 출간 기준으로 제시하고,
 원서 출간 연도는 괄호로 병기했다.
·본문에서 다루는 책의 저자 이름은 국내에 출간된 책 표기를 따랐다.
·몇몇 사람의 짧막한 언급을 인용할 때는 인터뷰 당시의 직책으로 표기했다.

살면서
한번은
벽돌책

장강명 지음

글항아리

차례

어슬렁어슬렁 걷는 기분으로

2016년 한 일간지에서 연재 요청을 받았습니다. 여러 필자가 돌아가며 독서 칼럼을 토요일 자 지면에 싣고 있는데 적당한 주제를 정해 합류해달라는 내용이었어요. 잠시 고민한 뒤 '저는 벽돌책들을 다뤄보겠습니다'라고 답장을 보냈습니다. 내가 두꺼운 책 제법 읽었지, 하는 은근한 자부심도 있었고 그즈음 나온 '벽돌책'이라는 신조어가 재미있게 들려서이기도 했습니다. 문패는 '장강명의 벽돌책'이라고 달았습니다.

그 연재가 10년이 되었네요. 연재 주기는 4주에 한 번씩이었지만 명절이나 여름 휴가철, 연말이면 북섹션에 고정 칼럼 대신 '연휴에 읽기 좋은 책' '올해의 책' 같은 특집 기사가 실리곤 합니다. 그래서 '장강명의 벽돌책' 칼럼이 게재된 것은 한 해에 평균 열 번 정도였고, 2016년부터 2026년까지 10년간 총 100종의 벽돌책을 소개하게 되었습니다.

솔직히 쉽지 않았습니다. 들어간 노력과 받은 고료로만 따지면 제가 한 집필 노동 중 가장 가성비가 떨어지는 작업이었어요. 전에 읽었던 벽돌책 재고는 연재 초반에 다 떨어졌고, 그 뒤로는 칼럼을 쓰기 위해 벽돌책들을 찾아 읽었습니다. 솔직히 오기와 허영심이 아니었더라면 얼마 못 가 포기했을 것 같습니다. 오기나 허영심 같은 마음도 쓸모가 있구나 하고 깨닫기도 했습니다.

그러다보니 읽어야 할 벽돌책을 찾으러 도서관을 자주 방문하게 되더군요. 온라인 서점이나 전자책 구독 플랫폼에서는 책의 분량 정보가 페이지 깊숙한 곳에 있거나 직관적이지 않잖아요. 오프라인 서점 매대는 대체로 신간 위주로 꾸려지고, 부피를 많이 차지하는 벽돌책은 그리 환영받지 못하는 것 같고요. 반면 도서관에서는 서가 사이를 걸어다니며 눈으로 쓱 훑는 것만으로 쉽게 벽돌책을 수렵채집(?)할 수 있습니다. 덕분에 예전의 저라면 관심 두지 않았을 분야 서적들이 있는 서가도 방문하게 되었습니다.

이 책에서 소개하는 벽돌책 100권 중 상당수는 그렇게 '다음 달, 다다음 달에는 어떤 책으로 칼럼을 쓰지? 이 책 재미있나? 누가 쓴 거야?' 하는 생각으로 집어들었어요. 큐레이션과는 거리가 멀고, 추천 리스트라고 부르는 것도 민망하네요. 제가 읽은 책들을 이렇게 소개하니 구미가 동한다면 살펴봐주십시오, 하는 정도입니다.

제가 이 벽돌책들을 고른 방식은 2016년부터 2026년까지 도서관 밖에서 사람들이 콘텐츠를 선택한 방식과 정반대였다고 할 수 있습니다. '대세'라든가 '열풍'이랄 게 없다시피 한 영역에서, 어떤 알고리즘에도 기대지 않고, 그저 한국십진분류법과 우연에 기대 신간이 아닌 책들을 펼쳤으니까요.

돌이켜보면 그 역시 행운이었습니다. 저는 2016년부터 2026년까지 10년 동안 많은 사람의 내면이 알고리즘의 식민지로 전락했다고 여깁니다. 우리가 접하는 정보들은 2010년대 후반에 '관심도 기반' 혹은 '취향 맞춤형'이라는 이름으로 순서가 정렬되었고, 2020년대 초반에 숏폼이라는 외형이 일반화되었습니다. 이제는 생성형 AI들이 이용자의 관심과 취향을 파악해뒀다가 필요한 순간에 바로 소화할 수 있는 형태로 답을 내줍니다.

알고리즘은 우리가 과거에 내렸던 선택을 조사합니다. 우리와 닮은 사람들의 선택도 파악합니다. 그래서 알고리즘의 추천에 의존하는 사람은 다시금 과거와 비슷한 선택을, 그리고 다른 사람과 비슷한 선택을 하게 됩니다. 그렇게 그는 점점 더 과거와, 다른 사람들과 비슷해집니다.

결국 그는 자기 미래를 잃어버립니다. 그에게서는 새로운 것이 나오지 않습니다. 전에 없던 사건들이 닥치면 전에 없던 반응을 보일 뿐입니다. 2016년부터 2026년까지 대통령이 두 사람이나 탄핵되었지만 한국 사회가 새로운 담론을 형성하는 데 실패하고 있다는 사실이 제게는 알고리즘의 지배와 무관해 보이지 않네요.

그 10년 동안 저는 저 자신도 모르는 채로, 다정하고 빈틈없는 독재자인 알고리즘에게 반역죄를 짓고 있었습니다. 오로지 두께와 첫인상이라는 원시적인 기준으로 읽을 책을 고르면서요. 그러는 동안 벽돌책 칼럼 연재는 점점 더 즐거워지고 소중해졌습니다.

저는 제가 새로운 이야기들을 쓸 수 있다고 믿는데, 그런 믿음에는 벽돌책 독서의 지분이 큽니다. 관심 없었던 분야, 이름도 못 들어본 저자, 유행이 지난 논쟁 덕분에 제 안에서 새로운 이야기들의 가능성이 생겨나는 걸 실감했습니다. 제가 벽돌책들을 읽으며 어떤 걸 느꼈는지, 어떻게 변했는지, 그저 두께를 기준으로 고른 책들이 어떻게 그런 변화를 일으켰는지는 뒤에서 이야기할게요.

저는 벽돌책 칼럼 연재를 앞으로도 계속할 겁니다. 오기와 허영심은 이제 없습니다. 대신 2016년에서 2026년 사이 어느 시점에 시사 칼럼 연재 두 건을 그만뒀습니다. 연재처인 두 신문사에서는 아쉬워했고 고료도 높았지만, 제가 의미를 못 찾겠더라고요. 앞으로 시사 칼럼은 더 쓰지 않을 생각입니다. 신문 지면은 이미 담론장이 아니고, 신문 지면이든 아니든 담론장이라는 것 자체가 무너진 듯하며, 사회 이슈는 계속 반복되는 느낌입니다. 그 이슈들은 담론이 아니라 분위기로 해결되더군요. 저는 그 일부가 되고 싶지는 않습니다.

'100대 명산'을 아시나요? 등산 애호가 중에는 한국의 100대 명산 완등을 목표로 삼고 주말마다 산을 오르는 분들이 꽤 계시죠. 벽돌책 100권에 대해 짧은 독서감상문을 쓰는 일은 그와 비슷했습니다.

2000년대 초반 산림청이 100대 명산을 발표했는데 등산 애호가들 사이에 호응이 무척 좋았어요. 아웃도어 업체와 등산 관련 잡지들도 잇따라 각각 자기들이 뽑은 100대 명산을 발표했습니다. 완등하신 분들이 등반 기록을 정리해 블로그에 올리기도 해요. 경치가 아름다웠던 산, 쉽게 오를 수 있었던 산, 힘들었던 산, 역사 탐방과 함께한 산, 음식 기행과 함께한 산 같은 식으로요. 저도 제가 읽은 벽돌책 100권을 제 마음대로 분류해봤습니다.

산림청과 아웃도어 업체, 등산 관련 잡지들이 선정한 100대 명산은 서로 다릅니다. 어느 산이 들어가고 어느 산이 빠지느냐는 저는 큰 문제는 아니라고 생각합니다. 산림청 100대 명산에서는 얻을 수 있고 아웃도어 업체의 100대 명산에서는 얻지 못하는 기쁨이나 효과가 따로 있을까요? 중요한 것은 산을 오른다는 행위 그 자체 아닐까요?

100대 명산 완등에 도전하는 등산 애호가들 중에는 산악회의 도움을 빌리는 분도 많으세요. 저도 북클럽에서 함께 읽은 벽돌책이 많습니다. 강양구 기자님이 온라인 독서모임 플랫폼 그믐(www.gmeum.com)에서 운영하는 '책걸상 벽돌책 함께 읽기'에도 여러 번 참여했죠. 독서모임 커뮤니티 트레바리에서 벽돌책 읽기 모임을 몇 달간 직접 운영하기도 했는데 정말 재미있었습니다. 멤버들끼리 친해져서 나중에 트레바리 밖에 따로 북클럽을 만들었어요. 저는 참여하지 않지만 소식은 계속 주고받아요. 얼마 전에는 그 모임에서 결혼하는 커플이 나왔답니다!

많은 분이 100대 명산 리스트를 보고 '한국에 이런 산이 있었어? 나도 이 산에 가볼까? 나도 100대 명산에 도전해볼까?' 하는 생각을 품게 됐죠. 이 책도 그런 역할을 하면 좋겠어요. 벽돌책의 힘과 맛을 전하고 싶습니다. 필독서

리스트가 아니니 오해하지 마시고, 도서관 서가 사이를
어슬렁어슬렁 걷는다는 기분으로 봐주세요.

벽돌책을 읽은 사람은
전과 다른 방식으로 생각하게 된다

벽돌책 완독은 다른 행위로 대체하기 어려운,

독자의 사고체계에 가해지는 일종의 충격입니다.

700쪽 이상인 책을 한 번이라도

끝까지 읽어본 사람은

이후 모든 텍스트를 대하는 기준이 달라집니다.

제가 한국 밖으로 처음 나가본 때는 1995년 초였습니다. 만 19세, 대학교 1학년 겨울방학 때 유럽으로 혼자 배낭여행을 다녀왔습니다. 2주 일정으로 영국, 프랑스, 이탈리아, 스위스를 '찍었고', 독일도 잠깐 들른 것 같은데 기억이 정확하지 않네요. 대영박물관, 루브르박물관, 에펠탑, 베르사유 궁전, 성 베드로 대성당 등을 급히 둘러봤던 기억은 납니다.

대영박물관, 루브르박물관, 에펠탑, 베르사유 궁전, 성 베드로 대성당을 보고 얻은 특별한 인상은 없습니다. 루브르박물관에서는 여행안내 책자를 들고 다리 힘이 다 빠지도록 돌아다니며 꼭 봐야 한다는 작품들을 봤는데, 모나리자 외에는 별로 기억나는 작품이 없네요. 모나리자보다 모나리자를 구경하던 관광객 무리가 더 잘 기억납니다. 진품이 주는 감동 같은 것은 죄송하지만 저는 못 느꼈습니다. 다른 명승지에 대해서도 비슷한 감상입니다.

정작 기억나는 장면은 관광과는 거리가 먼 것들입니다. 저는 유럽 건물의 화장실에는 바닥에 배수구가 없다는 사실을 몰랐습니다. 그래서 샤워를 하는 동안 욕조 밖으로 튄 물 때문에 숙소 바닥이 다 젖어버렸는데 그 뒤처리를 하느라 굉장히 애를 먹었습니다. 이탈리아에서는 중식당에 들어갔다가 제 예상보다 음식 가격이 비싸고 메뉴판도 읽을 수가 없어 낭패를 겪었지요. 파리 지하철에서는 트렁크를 끌고

가는 제 앞을 어떤 청년이 지나가며 얼굴을 험상궂게 찌푸리고
혀를 쭉 내밀었는데 그게 인종차별의 표현인지 아닌지 지금도
모르겠습니다.

해외여행을 별로 좋아하지 않고, 잘 다니지도 않지만 열아홉
살의 배낭여행은 대단히 소중한 경험이었습니다. 대영박물관,
루브르박물관, 에펠탑, 베르사유 궁전, 성 베드로 대성당
때문이 아닙니다. 그런 건 솔직히 보면 좋지만 안 봐도
그만이라고 생각합니다. 이미 봤기 때문일까요? 피라미드,
파르테논 신전, 브로드웨이, 병마용, 마추픽추, 페트라, 오로라,
유빙, 우유니 사막은 아직 못 봤습니다. 보고 싶습니다만 역시
안 봐도 그만입니다. 그것들을 끝내 보지 못해도 좋은 삶을 살
수 있다고 생각합니다.

좋은 삶을 사는 데 정말 필요한 것은 말이 통하지 않는
곳에서 현지인이라면 절대로 저지르지 않을 바보 같은 실수를
저지르는 경험입니다. 호의가 담기지 않은 듯한 그곳 사람들의
표정과 행동 앞에서 겁먹는 경험입니다. 그런 경험을 해보면
자기 나라에 온 외국인 노동자의 일상이 얼마나 힘든지 알게
됩니다. 외국인 노동자가 왜 바보처럼 보이는 실수를
저지르는지, 그들을 대할 때 왜 꼭 미소를 지어야 하는지 알 수
있습니다. 그런 교훈을 얻기 위해 해외여행을 싫어하는
내성적인 사람이라도 기왕이면 청년기에 외국에 혼자 가보는

경험이 필요하다고 생각합니다. 다른 경험으로 대체하기
어렵습니다.

—

저는 사람이 살면서, 기왕이면 청년기에 사랑에 빠지는
경험이 필요하다고 생각합니다. 연애의 달콤한 맛을 누리면
좋지요. 그런데 그뿐만이 아닙니다. 연애를 하다보면 세상에
자기 뜻대로 되지 않는 일이 있다는 것을 깨치게 됩니다. 내가
무엇이 옳다고 믿건 간에 상대의 의견을 받아들이고 내 행동을
조정해야 할 일들이 생깁니다. 열정과 이성 사이에서 번민하게
됩니다. 마음이 산산이 부서지는 경험도 하게 됩니다. 역시
다른 경험으로 대체하기 어렵다고 생각합니다. 그런 맥락에서
저는 짝사랑을 해보거나 실연을 당해보는 경험 역시 좋은 삶을
살기 위해 필요하다고 생각합니다.

결론이 아니라 과정이 중요한 경험들이 있습니다. 결국
제자리로 돌아오더라도 한번은 체험해봐야 할 일들이
있습니다. 따지고 보면 산다는 것 자체가 그렇지요. 이런저런
과정을 거쳐 무생물 상태로 돌아가는 게 우리 삶의
결론입니다. 그러나 삶의 결론이 정해져 있는데 중간 과정을
불필요하게 왜 겪어야 하느냐, 삶의 과정을 생략하자고 말하는

사람은 없습니다. 삶의 진수는 무덤에 있는 것이 아니라
무덤으로 가는 길에 있습니다.

사회 전체를 봐도 그러합니다. 정부가 모든 정책을
여론조사에 부쳐서 국민이 스마트폰 투표로 하루 만에 결정을
내리는 사회를 저는 민주주의 사회라고 생각하지 않습니다.
그런 사회는 '다수결의 독재'라고 부르는 게 좀더 정확합니다.
같은 결론에 이르게 된다 하더라도 사람들이 서로 다른 의견을
내고 논박하고 조율하는 과정을 거치는 것이 민주주의입니다.
그 과정에서 적어도 나와 의견이 다른 사람들이 있으며,
그들에게 그 문제가 어떤 이유로 중요한지 알게 됩니다. 그런
토론이 건강하게 이뤄지는 사회는 '뭐든지 다수결로'보다 정책
결정 속도는 느릴지도 모르겠습니다. 하지만 여러 외부 충격과
내부 갈등을 더 잘 견뎌낼 것이며 더 성숙한 시민들이 살고
있을 것입니다.

—

외국에서 혼자 여행을 해보면, 연애를 해보면, 세상을 보는
관점이 바뀌고 전과 다른 방식으로 생각하게 되며 그 결과
내면이 변화합니다. 독서도 비슷합니다. 정보나 지식을 얻기
위해 읽는 책도 있지만 다르게 생각하기 위해, 변화하기 위해

읽는 책도 있습니다.

정보나 지식을 얻기 위한 수단은 이제 책 외에도 많이 있고, 책을 요약해주는 미디어나 기술도 많습니다. 제 아내가 즐겨 듣는 교양 팟캐스트의 진행자는 자기네 방송에서 요약 정리해주는 책 이야기를 들으면 그 책을 실제로 읽을 필요가 없다고 자랑하더군요. 저도 좋아하는 진행자입니다만 그 말씀은 틀렸습니다. 그런 방송들은 책의 결론만 알려줍니다.

결론에 이르는 과정이 훨씬 더 중요한 독서가 있습니다. 저자가 논의를 결론으로 이끄는 방식을 배우고, 때로는 그 논의를 쫓아가지 못해 고심하고, 저자와 논쟁을 벌이거나 등장인물과 친해지는 경험이 필요합니다. 저는 문해력 역시 지식의 문제가 아니라 사고방식과 태도의 문제라고 봅니다.

그런 이야기들은 뒤에서 좀더 자세히 해보겠습니다. 여기서는 벽돌책 완독이 다른 행위로 대체하기 어려운, 독자의 사고 체계에 가해지는 일종의 충격이라고 말씀드리고 싶습니다. 700쪽 이상인 책을 한 번이라도 끝까지 읽어본 사람은 이후 모든 텍스트를 대하는 기준이 달라집니다. 마라톤 풀코스를 완주한 경험이 있는 아마추어 러너가 달리기에 대한 생각이 바뀌는 것과 마찬가지입니다. 저는 젊을 때 마라톤 풀코스를 다섯 번 완주했는데, 기록은 안 좋습니다만 '언제든 훈련하면 42.195킬로미터를 다시 달릴 수 있다'는 자신감만은 속에 품고 있습니다.

벽돌책 독서가 최고라거나, 많이 할수록 좋다는 이야기는
아닙니다. 다만 지적인 성인으로 성장하고 싶으신 분께는 한
번은 경험해보시라고 권하고 싶네요.

벽돌책은 얇은 책이 줄 수 없는 경험들을 줍니다. 달콤한
경험은 아닙니다. 지루해서 책장이 안 넘어가는 대목을 버티는
경험, 어떤 의견에 '정말 그럴싸한걸' 하고 동의했더니 뒤이어
비슷하게 그럴싸한 반론들이 쏟아져서 혼란에 빠지는 경험, 한
작가가 공들여 제출한 세계관이나 문제의식을 몇 주간
검토하면서 삶의 일부로 흡수하는 경험입니다. 빡빡한
일정으로 명승지를 돌아다니며 사진만 찍고 오는 단체여행이
아니라, 낯선 도시에 혼자 머물며 고향에서는 접할 수 없었던
낯선 사고방식과 문화를 배우는 한 달 살기 체험과
비슷합니다.

그런 경험을 하고 나면 사람은 전과 다른 방식으로 생각하게
됩니다. 변화합니다.

첫 도전용으로 좋은,
술술 넘어가는 벽돌책들

당연히 벽돌책 중에도 지루한 책이 있고 흥미진진한 책이
있지요. 제가 시간 가는 줄 모르고 정신없이 빠져들어 읽었던
벽돌책 여덟 권을 먼저 소개합니다.

벽돌책의 정의가 어디에 규정되어 있는 것은 아닙니다. 저는
700쪽을 기준으로 삼았습니다. 판형에 따라 700쪽이 아니지만
글자 수가 아주 많은 책도 있고, 분권을 해서 각각의 단행본은
여느 책 두께지만 합하면 700쪽이 넘는 책도 있습니다. 하지만
어떤 책이 벽돌책이고 어떤 책은 벽돌책이 아닌가 하고
고민하느니 그냥 700쪽이라는 기준을 기계적으로 적용하는
편이 낫겠다 싶었습니다. 참고해주세요.

700쪽 이상인 책들을 1000자 남짓한 분량으로 소개했습니다. 수박 겉핥기라는 표현도 아까울 지경이지요. 책을 리뷰한다는 생각으로 쓰지는 않았습니다. 그보다는 '이런 책이 있는데 흥미로워 보이지 않습니까? 한번 읽어보세요' 하는 느낌으로 썼습니다. 책 내용을 요약하지도 않았습니다. 역시 참고해주세요.

001

『핑거스미스』

—

세라 워터스 지음 ｜ 최용준 옮김 ｜ 열린책들 ｜ 2016[2002] ｜ 832쪽

영국 소설가 세라 워터스가 빅토리아 시대를 배경으로 쓴 레즈비언 소설입니다. 제가 살면서 읽은 소설 중 이보다 더 재미있었던 작품이 몇 편이나 될지 모르겠습니다. 이 소설은 한국에 2006년 처음 번역되었는데 그때는 726쪽이었어요. 10년 뒤인 2016년 832쪽짜리 하드커버 개정판이 나왔습니다. 저는 이 개정판을 이틀 만에 다 읽었습니다.

2016년에 개정판이 나온 것은 그해 박찬욱 감독의 영화 「아가씨」가 개봉했기 때문일 겁니다. 「아가씨」의 원작이 『핑거스미스』거든요. 영화 덕분에 그해에 책이 3만 부가 팔렸다고 합니다.

2006년 한국에 처음 소개되었을 때에는 영화 덕을 볼 수 없었으니 출판사 마케터가 참 난감했을 것 같습니다. 영국에서는 출간되자마자 영국 공영방송BBC이 판권을 사들여 드라마 제작을 결정할 정도로 화제를 모은 작품이었는데, 한국 출판사들은 이 책 수입을 망설였습니다. 빅토리아 시대를 배경으로 했고, 레즈비언이 주인공이고, 아직 한 작품도 한국어로 번역되지 않은 작가가 30대에 쓴 작품이라는 점이 다 한국 출판 시장에서는 마이너스 요소였으니까요.

하지만 좋은 책은 결국 독자가 알아보는 것 같습니다. 한국에서도 이 작품은 성공했습니다. 외국 소설로는 매우 드문 판매 곡선을 그리며 큰 기복 없이 매해 꾸준히 잘 팔렸다고 하네요. 영화 「아가씨」가 나오기 전에 이미 2만 부 이상이 팔렸다고 합니다.

어떤 작품의 성공 비결을 사후적으로 분석하는 것은 늘 머쓱한 일입니다. 특히 『핑거스미스』라면 더 그렇습니다. 성공 비결? 펼치면 놓지 못하는 책이에요. 저마다 다른 개성과 욕망을 지닌 등장인물이 딱 적당한 수로 등장해 제각각 음모를 꾸미고 계략을 짜는데 모두 뜻대로 안 되고, 예상치 못한 반전이 몇 번이나 벌어집니다. 그리고 굉장히 야합니다(!).

그 표면의 매력이 글자 아래 좀더 깊은 곳에 있는 다른 장점을 가리지 않을까 우려마저 들 정도예요. 이 소설, '진상이

뭐야? 얘들 어떻게 되는 거야?'라는 기분으로 한 번 읽고,
복선과 암시를 살피며 한 번 더 읽고, 줄거리와 인물을 떠난
곳에 층층이 쌓인 역설과 아이러니를 음미하며 삼독해도
여전히 즐겁습니다.

　페미니즘, 동성애, 계급 갈등, 진실과 거짓 등 생각해볼
키워드는 무척 많지만 저는 무엇보다 책에 대한 책으로
읽었습니다. 인간을 억압하는 책과 사악한 독자들, 그리고
소설가를 구원하는 문맹에 대한 이야기. 다른 층위에서는
정반대의 이야기이기도 하지요. 어떤 층에서나 비비 꼬여
있습니다. 등장인물의 입을 빌려 '영상매체의 시대에 문학이
어떻게 살아남을까'를 노골적으로 묻고 답을 멋지게 제시하는
소설이기도 합니다. 공교롭게도 영화「아가씨」의 각본은
원작의 뒷부분을 크게 바꾸면서 바로 그 질문을 피해갑니다.

002

『재난, 그 이후』

—

세리 핑크 지음 | 박중서 옮김 | 알에이치코리아 | 2015[2013] | 720쪽

2005년 초대형 허리케인 카트리나가 미국 남동부를 덮칩니다. 저지대인 뉴올리언스 지역이 물에 잠기고, 한 병원이 닷새간 고립됩니다. 대피하지 못한 환자들을 돌보느라 의사와 간호사들은 거의 잠을 자지 못합니다. 화장실 변기에서 오물이 넘쳤고 대소변 냄새가 병원에 가득했습니다. 건물 내 기온은 섭씨 43도까지 올라갑니다.

밖에서는 총소리가 들립니다. 폭도로 변한 사람들이 병원을 노리는 듯합니다. 비상 발전기가 고장나고, 중환자용 생명 유지 장치가 멈춥니다. 구조용 헬리콥터는 너무 뜸하게 오고, 아주 적은 수의 인원만 탑승할 수 있었습니다. 게다가 헬리콥터의

목적지인 대피소에도 환자를 돌볼 장비가 없기는
마찬가지였습니다.

절망 속에서 의료진은 무서운 의문에 사로잡힙니다. 위중한
환자들이 과연 여기서 살아날 수 있을까. 비교적 상태가
괜찮은 환자들에게 자원을 집중해야 하지 않을까. 중환자들을
이런 고통 속에 방치하는 게 과연 옳은가. 피부가 다 벗겨져
신음하는 환자를 억지로 붙잡는 일이 고문과 뭐가 다른가.

720쪽에 이르는 셰리 핑크의 르포『재난, 그 이후』는 크게 두
부분으로 나뉩니다. 전반부는 위의 이야기들이 의료진의
시선에서 진행됩니다. 후반부는 이 병원에서 벌어진 집단
안락사 사건을 조사하는 수사관들에게 주로 초점을 맞춥니다.
갑작스러운 시점 변경에, 그리고 두 관점이 모두 설득력
있음에 독자는 큰 충격을 받게 되지요. 의료 윤리란, 정의란
무엇인가요.

의사이자 기자인 저자는 메모리얼 병원에서 벌어진 참사를
다룬 심층 기사로 퓰리처상을 받았습니다. 수상 뒤에도 저자는
취재를 멈추지 않았고, 관계자 수백 명을 500번 이상
인터뷰했어요. 책은 집필 계획만으로 뜨거운 관심을 모았고,
한국 출판사도 미국에서 도서가 나오기 전에 출간 계약을
했습니다. 결과물은 두말할 필요 없는 걸작입니다.

무게 중심은 윤리적 딜레마에 실려 있지만, 재난 대비

시스템과 여론몰이에 대해서도 고민할 거리를 충분히
던져줍니다. 저자도 자기 홈페이지에서 관련 토론 공간을
운영합니다. 메모리얼 병원의 비극은 근본적으로 미국 정부의
실패에서 기인했습니다. 자연스럽게 지금 한국의 재난 대비
시스템은 어떤지 묻게 되네요.

003

『폭격기의 달이 뜨면』

—

에릭 라슨 지음 | 이경남 옮김 | 생각의힘 | 2021[2020] | 752쪽

"논픽션 작가가 이렇게 글을 재미있게 쓰면 소설가들은 어떻게 먹고살아야 하나 생각했습니다."

에릭 라슨의 논픽션『폭격기의 달이 뜨면』을 제가 진행하는 라디오 책 프로그램에서 소개하면서 이렇게 말했어요. 방송용 너스레이기는 했으나 그리 심한 과장은 아니었습니다. 이런 논픽션이 매년 수십 편씩 나온다면 소설가들 엄청 힘들어질걸요. '남성적 서사'를 주무기로 삼는 소설가라면 특히 더요.

소설가로서 궁금한 점은, 이 논픽션이 왜 재미있는가입니다. 제2차 세계대전이 배경이기는 하지만 1940년부터 1941년까지

31

초기 1년을 주로 다루기 때문에 나치 독일에 대한 시원한 반격이나 응징은 없습니다. 용맹한 군인과 화끈한 군사작전 대신 성격 고약한 정치인과 공습을 당하는 평범한 사람들이 나오지요. 그들은 752쪽 거의 내내 다른 강대국의 참전을 애걸합니다. 그런데 그 이야기가 심금을 울리는 드라마가 됩니다.

위에 적은 '성격 고약한 정치인'은 윈스턴 처칠입니다. 저자는 영국인들이 왜 처칠에 열광하고 사랑했는지, 처칠이 어떻게 사람들에게 희망과 용기를 불러일으켰는지 설명하거나 분석하는 대신 생생하게, 그리고 아주 영리하게 보여줍니다.

처칠은 카리스마적인 지도자인 동시에 결함 많은 인간입니다. 그의 성격에는, 그의 육신에는, 그의 가족과 지인들에게는, 그리고 영국 군대에는 치명적인 약점들이 아주 넌더리 나도록 많습니다. 그 약점 때문에 처칠은 난처하고 곤혹스럽고 우스팡스럽고 절망적인 상황들에 숱하게 빠집니다. 그가 때로는 교활하게, 때로는 우격다짐으로, 때로는 그저 운이 좋아 위기를 넘기고 "우린 결코 항복하지 않을 겁니다"라고 말할 때, 독자도 처칠을 사랑하게 되지요.

그리고 평범한 영국인들이 있습니다. 영웅도 성인도 아닌 그들은 절망적인 전황 속에서 죽음의 공포에 사로잡히고, 불륜에 빠집니다. 하지만 그들이 폭격 속에서도 용기를 잃지 않으며 "우리는 끝까지 싸운다"고 결의할 때 독자는 열광하게 됩니다. 여러 문서보관소에 기록이 많이 보관돼 있고 저자가 자료 조사를 철저히 했다지만, 건조한 사료가 이런 피 끓는 드라마가 되다니 신기할 따름입니다.

004

『사람을 위한 경제학』

—

실비아 나사르 지음 | 김정아 옮김 | 반비 | 2013[2011] | 816쪽

월가 점령 시위가 한창이던 2011년, 미국 하버드대학에서 수십 명의 학생이 '이 수업을 듣지 않겠다'며 강의실을 빠져나가는 사건이 있었죠. 『맨큐의 경제학』으로 유명한 그레고리 맨큐 교수의 경제학 입문 수업이었습니다. 수업을 거부한 학생들은 현대 사회의 모순과 불평등은 주류 경제학이 낳은 문제라고 봤나봅니다. 주류 경제학을 배우는 일은 그런 모순에 눈감는 항복 행위라고 여겼던 듯하고요.

실비아 나사르의 『사람을 위한 경제학』을 읽다가 문득 그 학생들을 떠올렸습니다. 가진 자들을 옹호하는 사악하고 단단한 율법이 세상을 지배하며, 거기에 입문하는 순간

자기들은 세뇌될 테니 처음부터 거부해야 한다는 사고방식은 얼마나 젊은이답게 순수하고…… 어리석은지요. 하버드대학을 다녀도 별수 없네요.

세계적인 베스트셀러 『뷰티풀 마인드』의 저자이자 경제학 석사인 나사르는 19세기와 20세기 경제사상가들의 삶을 흥미진진한 연속극처럼 보여줍니다. 그녀가 고른 학자들은 모두 인간적인 흠결이 있지만 적어도 '부자 편에 서야겠다' 따위의 태도는 지니지 않았습니다. 그들을 사로잡는 것은 무려 '세상을 구하겠다'는 열정과 야심입니다. 이 사상가들은 자신들의 학문이 세상을 더 낫게 만들 수 있다고 진심으로 믿습니다. 하지만 그들의 아이디어는 혁신적이기는 해도 늘 불완전합니다. 그래서 다음 세대 사상가들로부터 논박당합니다.

816쪽에 걸쳐 책이 그리는 경제사상사는 사람들의 삶을 바꿀 수 있는 강력한 '생각 도구'가 진화하는 과정입니다. 그 도구는 율법이 아니며 사악하지도 단단하지도 않습니다(참고로 이 책에서 가장 부정적으로 묘사되는 인물이 카를 마르크스입니다). 현재의 경제학 교과서 역시 학문적 열정과 혁신적인 아이디어로 논박당하고 보완돼야 합니다.

짧은 책 소개지만 이거 하나는 빠뜨리지 말아야겠습니다. 천재들도 어쩔 수 없는 사람인지라 그런 건지, 아니면

천재들이라 자존심이 세서 그런 건지, 몇몇 인물의 연애담이
정말 재미있어요. 특히 비어트리스 포터 웨브와 조앤 로빈슨,
이 당당한 두 여성 학자의 삶은 여태까지 영화화되지 않은 게
이상할 정도예요. 경제학에 관심이 없어도, 그저 인물 이야기로
읽어도 푹 빠지게 될 책입니다.

005

『눈먼 자들의 경제』

—

조지프 스티글리츠·마이클 루이스·니얼 퍼거슨·브라이언 버로·마크 실·니나 뭉크
·마이클 쉬나이얼슨·토드 퍼덤·베서니 맥린·데이비드 마골릭·제임스 스틸·도널드 발렛 지음 |
김정혜 옮김 | 한빛비즈 | 2011[2010] | 708쪽

『눈먼 자들의 경제』는 필진의 명단만으로도 눈이 번쩍 뜨이는 책입니다. 노벨경제학상 수상자인 조지프 스티글리츠, 퓰리처상 수상자인 도널드 발렛과 제임스 스틸,『머니볼』과 『빅숏』을 쓴 베스트셀러 논픽션 작가 마이클 루이스, 논쟁을 몰고 다니는 경제사학자 니얼 퍼거슨……. 소문난 잔치에 먹을 것 없다던데 하는 우려는 접어두셔도 됩니다. 이 책, 정말 재미있고 흥미진진하거든요.

어떤 단행본 기획이 이런 스타 작가들을 한자리에 모을 수 있을까요. 책의 주제는 2008년 서브프라임 모기지 사태로 시작한 미국발 글로벌 금융위기의 다양한 현장과 그

의미입니다. 아무래도 의미를 분석하는 글보다 현장을 전하는 르포와 인터뷰에 더 점수를 주게 되는데, 특히 미국 5대 투자은행이었던 베어스턴스의 몰락 과정이나 나라 전체가 망하다시피 한 아이슬란드의 모습은 옆에서 지켜보는 듯 생생합니다.

월가의 거물들에 대한 초상도 흥미롭습니다. 세계 최대 보험사였던 AIG를 위기에 빠트린 조지프 카사노의 이야기는 블랙 코미디 그 자체입니다. 반면 골드만삭스 최고 경영자 출신으로 금융위기 당시 재무장관이었던 헨리 폴슨은, 정책에 대한 평가와는 별도로 그 처지나 판단을 둘러싼 그의 고뇌가 충분히 이해되며 연민의 마음마저 입니다. 708쪽인 이 책에서 4분의 1 가까운 분량이 버나드 메이도프 사기 사건을 다루는데, 이 부분만 따로 떼어내 한 편의 입체적인 비극작품으로 읽어도 손색이 없습니다.

책장을 넘기다보면 '금융위기는 도대체 무엇이었을까'보다 더 큰 질문, 예컨대 '금융이란 무엇인가', 혹은 '자본주의란 무엇인가'를 고민하게 됩니다. 마지막 페이지를 덮는 순간까지 그 답변을 얻지 못하더라도 적어도 이것 하나만은 분명히 알게 됩니다. 거대한 숫자의 금액 앞에서 사람들은 현실감을 잃는다는 것. 그렇게 현실감을 잃은 사람들은 논리적으로도, 윤리적으로도 이해가 되지 않는 한심하고 기괴한 짓을 저지르고야 맙니다.

탐욕에 빠져 눈이 멀었다며 당사자를 비판하기야 쉽지요. 그런데 우리의 경제 시스템 전체가 사람들을 탐욕에 빠뜨리며, 바로 그 탐욕에 의해 굴러가는 것은 아닌지요.

006

『꿈꾸는 책들의 도시』

—

발터 뫼르스 지음 | 두행숙 옮김 | 들녘 | 2014[2004] | 720쪽

책에 대한 책을 좋아합니다. 제게는 사람보다 책이 편해서, 책에 대한 책을 읽을 때면 마음이 배로 편안해집니다. 책 이야기하는 책 중에서도 제가 가장 사랑하는 책 두 권은 미하엘 엔데의 『끝없는 이야기』와 발터 뫼르스의 『꿈꾸는 책들의 도시』입니다.

그런데 이 두 책은 소재 외에도 닮은 데가 많아요. 둘 다 독일 작가가 썼고, 판타지 소설이자 사변소설이고, 2부로 구성되어 있고, 청소년 독자를 겨냥한 듯 보이기도 하지만 깊이가 상당하고, 분량도 두툼하고, 그럼에도 아주 재미있습니다. 실제로 뫼르스는 엔데의 계보를 잇는다는 평을 받기도

한다는군요.

『끝없는 이야기』와 『꿈꾸는 책들의 도시』의 한국어판은 분권돼 출간되기도 하고 단권으로 나오기도 했는데 양쪽 다 한 권짜리 개정판은 700쪽이 넘습니다. 삽화나 인쇄 방식에 저자가 깊숙이 간여했다는 것도 두 책의 공통점이네요.

두 벽돌책을 2회에 걸쳐 한 권씩 소개해볼까요? 제게 좀더 각별한 『끝없는 이야기』를 다음 회로 미루고 『꿈꾸는 책들의 도시』를 먼저 얘기하자면, 이 책은 애서가들에게는 천국 같은 가상 도시, 부흐하임Buchheim(책의 집)에서 펼쳐지는 모험담입니다.

여기서 '천국 같다'는 말은 좋은 일만 일어나는 장소라는 의미가 아닙니다. 무서운 음모와 범죄가 벌어지지만 그 모든 사건의 중심에 책이 있다는 얘기입니다. 책이 푸대접 받는 21세기 한국과 달리, 부흐하임은 책이 최고의 이슈가 되는 사회입니다. 인쇄소, 종이 공장, 잉크 공장이 빽빽하고 서점이 수천 곳 있고 어디서나 낭독회가 열리며 고서 사냥꾼은 영웅이 됩니다.

그래서 부흐하임의 작가와 출판인과 평론가가 서로를 속이고 물어뜯는 묘사를 읽다보면 기분이 묘해져요. 현실 문학계와 출판계에 대한 풍자임을 알면서도, 그런 싸움이 그리도 중요하게 다뤄지는 그곳이 오히려 부러워지기도 하니까요.

책의 큰 특징인 동화풍의 상상력과 능청스러운 유머에 대해서도 상반된 감정이 드는데, 처음에는 살짝 가볍게 느껴지다가 나중에는 그 기발함과 풍부한 상징성에 압도될 지경에 이릅니다. 참고로 이 소설의 주인공은 두 발로 걷는 작가 지망생 공룡이에요.

소설은 뒤로 갈수록 점점 더 어둡고 무거워지며, 마지막에는 '문학의 감동이란 무엇인가?'를 묻습니다. 그 질문에 가장 인상적인 답을 형상화하여 보여주는 책이기도 할 겁니다. 이 소설은 같은 세계관에서 펼쳐지는 '차모니아 연대기'의 한 편이지만, 시리즈의 다른 책을 읽지 않아도 독서에는 전혀 지장이 없습니다.

007

『끝없는 이야기』

—

미하엘 엔데 지음 ┃ 허수경 옮김 ┃ 비룡소 ┃ 2003[1979] ┃ 703쪽

바로 앞에서 발터 뫼르스의 『꿈꾸는 책들의 도시』를 소개하며 말씀드린 대로 이번에는 미하엘 엔데의 『끝없는 이야기』를 '이야기'해보겠습니다. 똑같이 책에 대한 책이고 환상의 세계가 배경인데, 『꿈꾸는 책들의 도시』에는 우리가 사는 세상은 전혀 나오지 않아요. 반면 『끝없는 이야기』에서는 현실과 환상이 좀더 복잡하게 얽힙니다.

짧게 줄거리를 요약하면, 책을 읽다가 읽던 책 속으로 들어가 등장인물들과 함께 모험을 벌이는 소년 이야기입니다. 약골 청소년이 다른 세계에 가서 초능력으로 '깽판'을 치는 소원 성취 오락물의 쾌감도 담뿍 담겨 있습니다. 그런데

뒷부분에서는 꼭 그 반대인 주제를 다룹니다. '픽션에
빠진다는 것은 무엇인가, 늘 좋은 일인가, 허구와 현실은 어떤
관계여야 하나'를 진지하게 묻습니다. 어떻게 보면 다독가와
애서가를 이렇게 추켜세우고 동시에 이렇게 신나게 놀려대는
소설도 없을 겁니다.

　이런 문제의식은 베르톨트 브레히트나 제2차 세계대전 뒤
누보로망을 주창한 프랑스 작가들과도 닿아 있지만, 엔데의
소설은 청소년 독자의 눈높이를 유지하면서 여러 층에서
감동적인 서사를 풀어갑니다. 한국어판을 펴낸 비룡소의
박지은 편집장은 "한 소년이 환상 세계를 구해가는 영웅담이자
치유의 이야기이고 다른 한편으로는 책을 사랑하는 사람들의
자화상이기도 하다"고 평가했습니다.

　이 소설을 바탕으로 한 볼프강 페터젠 감독의 1984년 영화
「네버엔딩 스토리」는 세계적으로 흥행에 성공했고 아직도
많은 사람이 흐뭇하게 추억하는 작품이죠(이 영화의 삽입곡
〈페어리 퀸〉을 저는 참 좋아합니다). 그러나 아쉽게도 이 영화는
소설의 앞부분 절반만 다루기에 원작의 심오한 고찰은
담아내지 못합니다. 엔데가 자기 작품을 이해하지 못했다며
영화 제작자들을 공개적으로 비난한 것도 이해가 가지요.

　'끝없는 이야기'라는 책이 '끝없는 이야기'라는 책 속의 책을
계속 언급하고 묘사하는 구성이므로 편집이 매우 중요합니다.

자신이 들고 있는 책이 바로 그 책 속의 책이라는 느낌을
독자에게 줘야 하니까요. 표지와 디자인, 레이아웃에 공들인
한국어판은 그런 점에서 아주 흡족합니다. 비룡소에서도
처음에는 방대한 분량 때문에 세 권으로 나누어 발간했다가
2003년에 소설 속에서 묘사된 것처럼 한 권으로 합쳤대요.
역설적이게도 700쪽이 넘는 두께가 된 뒤 더 많이 팔렸다고
하는군요. 이 책은 독일에서 오래 생활한 허수경 시인이
번역했습니다.

008

『메리와 메리』

—

샬럿 고든 지음 ｜ 이미애 옮김 ｜ 교양인 ｜ 2024[2015] ｜ 782쪽

작품 속 괴물만큼이나 소설『프랑켄슈타인』도 탄생 과정이 유명하지요. 1816년 여름, 젊은 남녀 네 명이 무서운 이야기 쓰기 내기를 벌입니다. 참여자는 불과 열여덟 살이었던 메리 셸리, 메리와 사실혼 관계였던 시인 퍼시 셸리, 메리를 짝사랑했던 의사이자 작가 존 윌리엄 폴리도리, 그리고 영국의 대표적인 낭만파 시인이자 난봉꾼인 바이런입니다. 이 대단한 내기의 결과로 메리는 최초의 SF로 평가받는 『프랑켄슈타인』을, 폴리도리는 최초의 흡혈귀 소설이라고 일컬어지는『뱀파이어』를 썼습니다.

간혹 이 집필 배경에 각주처럼 '그런데 메리 셸리는 최초의

근대 페미니즘 사상가이자 작가인 메리 울스턴크래프트의
딸이다'라는 문장이 붙곤 합니다. 최초, 최초, 최초……
자연스레 어머니의 '최초'가 딸의 '최초'로 이어졌다고 말하고
싶어집니다. 한데 그 작업이 쉽지 않아요. 어머니 메리가 딸
메리를 낳자마자 바로 사망했기 때문입니다.

　고백하자면 이 모녀의 삶을 번갈아가면서 서술한 『메리와
메리』 앞부분을 읽을 때까지 저는 다소 시큰둥한
기분이었어요. '영리한 기획이고 글도 참 잘 썼는데, 대화를
나눈 적도 없는 두 사람을 혈연이라는 이유로 억지로 엮는 거
아닌가?' 하는 마음이었습니다. 전체 782쪽인 두툼한 책의
100페이지 즈음부터 읽는 속도가 무섭게 빨라졌습니다.
책장을 덮을 때에는 가슴이 뻐근했습니다.

　이 책에서 두 메리의 삶은 하나의 이야기로 단단하게
이어집니다. 어떤 정신에 대한 이야기입니다. 같은 정신을 지닌
어머니와 딸이 시간을 넘어 손을 잡고 온갖 부조리한 인습과
차별에 맞서는 것처럼 느껴집니다. 가끔은 두 사람이 껴안고
함께 우는 것 같습니다. 열정적이고도 섬세한 두 영혼이
분투하다 상처 입는 모습을 저자가 생생하게 그릴 때 독자도
울고 싶어집니다.

　저자는 두 메리를 무오류의 전사로 그리는 함정에 빠지지
않습니다. 어머니와 딸은 질투에 휩싸이고, 히스테리에 빠지며,

헛웃음을 참기 어려울 정도로 유치해지기도 합니다. 고매한
이상과 결연한 의지에 그런 인간적 흠결들이 섞여, 저자가
그린 두 인물의 초상은 숨소리를 느낄 수 있을 것처럼 생기를
뿜습니다. 그 밑바탕에는 방대한 사료 취재가 있는데, '기록의
재구성과 역사 전쟁'이라는 관점에서 읽어도 무척
흥미롭습니다. 이 평전 자체도 그 전쟁의 최전선에 있다고
말할 수 있겠습니다.

2장

AI 시대에 벽돌책 독서가 더 중요해지는 이유

종합건설지성을 키우는 방법은,

현재로서는 앞선 종합건설지성들이 일하는 방식을 보고 흉내

내는 것 외에 달리 없는 것 같습니다.

다행히 자신이 복잡한 사고의 건축물을 만든 방식을 친절하게

책으로 풀어 쓴 저자들이 있습니다.

그런 책을 읽어야 합니다.

그런데 그런 책은 벽돌책일 가능성이 상당히 높습니다.

제가 어렸을 때 학교 교육은 대부분 암기 위주였습니다. 아예 몇몇 과목은 암기 과목이라고 불렀고, 시험문제는 암기력 테스트와 별반 다르지 않았죠. 30년 전쟁이 일어난 연도나 방향족 탄화수소의 이름 같은 것을 달달 외워야 했습니다. 저는 암기에 재능도 흥미도 없었던 터라 이딴 걸 왜 외워야 하는 거야, 하고 불만에 싸여 학교를 다녔습니다.

돌이켜보면 인간의 지성이 그 사람이 보유한 지식의 양으로 판단되던 시절이었던 것 같습니다. 1990년대 후반이 되면서 그런 이해는 시대에 뒤떨어진 생각이 됐죠. 전문가만 알고 있던 지식을 도서관에 찾아가지 않아도 순식간에 검색으로 알 수 있게 되었으니까요. 필요한 인재상이 달라지면서 학교 교육의 방향도 바뀌었습니다.

여전히 청소년기에 30년 전쟁과 방향족 탄화수소에 대해 배워야죠. 하지만 요즘 학생들이 30년 전쟁이 발발한 연도가 1617년이나 1619년이 아니라 1618년이라고, 벤젠과 톨루엔과 나프탈렌은 방향족 탄화수소지만 에틸렌과 페놀은 아니라고 암기할 필요는 없다고 생각합니다. 그보다는 30년 전쟁과 방향족 탄화수소에 관한 메타데이터를 많이 만드는 것이 중요해졌습니다. 머릿속에 생각의 지도를 만든다고 해도 좋고, 30년 전쟁과 방향족 탄화수소라는 개념에 해시태그를 수십 장 붙인다고 표현해도 좋겠습니다. 무엇이 어디에 있는지를 아는

지식이 중요하다는 의미로 '노-웨어know-where'라는 말도
나왔죠.

　이런 겁니다. 30년 전쟁에 '신념의 충돌'이라는 태그를 달아
머릿속에 저장해놓으면 이후에 '신념의 충돌'에 대해 의견을
밝혀야 할 때 30년 전쟁의 비극을 사례로 언급할 수 있습니다.
그리고 당면한 과제의 그 해법을 베스트팔렌 조약에서 찾을
수도 있게 됩니다. 방향족 탄화수소에 대해 공부하며 '탄소와
수소만으로 이뤄진 물질이라 해도 결합 방식에 따라 정말
다양한 특성이 나타날 수 있구나, 그 특성은 탄소의 특성과도,
수소의 특성과도 다르구나' 하는 사실을 배울 수 있습니다.
그런 지식을 상식으로 갖춘다면 무슨 원자가 들어 있으니
위험한 물질이라는 식의 음모론에 바로 넘어가지 않고 한 번
더 검토할 수 있겠지요.

—

　1990년대 초까지 학교 교육의 목표는 많이 알고 정확히
기억하는 사람을 길러내는 것이었습니다. 당시 사회에는 믿을
수 있는 부품 같은 직원이 많이 필요했습니다. 사실, 연표,
공식, 정의를 축적했다가 제대로 재현해서 정답이 있는
문제들을 빠르고 정확하게 해결하는 능력을 갖춘 사람들

말입니다.

인터넷 시대가 되면서 개인에게 요구되는 앎의 성격이 변했습니다. 정보가 어느 분야에 있는지 알면 검색으로 금방 찾을 수 있으니, 정보의 위치를 대강이라도 파악하는 능력이 중요해졌습니다. 어떤 문제를 받고 그걸 경제학으로 풀어야 할지, 사회학이나 심리학으로 접근해야 할지 판단하는 사람, 해당 분야에서 검색 결과를 비교하고 선별하고 조합해서 자신만의 해석을 만들고 주장을 펼치는 사람이 지식인으로 대접받게 됐죠. 다시 말해 인터넷 시대의 지식인이란 지식을 많이 보유한 사람이 아니라 기존 지식들을 잘 다뤄서 새로운 지식을 만들어내는 사람이었습니다.

AI 시대에는 새로운 성격의 앎이 요구될 것 같습니다. AI는 여러 개념에 인간보다 훨씬 더 많은 태그를 붙이고 유창하게 맥락을 생성합니다. A가 B라고 주장하기 위해 필요한 논리를 만들어달라고 하면 금방 만들어냅니다. A가 B가 아니라는 주장을 펼치기 위해 필요한 논리를 만들어달라고 해도 뚝딱 생성해냅니다. 경제학, 사회학, 심리학적 근거를 척척 댑니다.

당연히 AI 시대에는 AI가 제시한 논리를 의심하고 검증하는 지적 능력이 크게 필요하겠지요. AI가 뚝딱 만들어낸 그럴싸한 논리를 그대로 가져다 쓰는 사람이 많은 세상에서 그 논리의 약한 부분을 짚어내고 보완할 수 있는 사람이 도드라질

겁니다. 어떤 일을 할 때 우리는 경합하는 논리들을 종합해서
선택을 내려야 하고, 그 선택에는 책임이 따릅니다. 인간이
주인인 세상에서 그 책임을 지는 일만큼은 AI가 아닌 인간이
맡을 것이고, 우리는 여러 논리를 검토하고 종합하는 능력이
있는 사람을 책임자로 뽑게 됩니다.

—

　　AI는 아주 유창합니다. 많은 사람이 그 유창함에
현혹됩니다. 하지만 유창함은 정확함이 아니고, 정교함도
아니고, 단단함도 아닙니다. 이 논리의 전제는 무엇인가,
개념들이 같은 층위에서 적절히 사용되었는가, 기존 맥락은
무엇이고 새로 생성된 맥락은 무엇인가, 완전히 다르게 해석
가능하지는 않은가 하는 검토 속에서 논리들은 정교해지고,
단단해지고, 정확해집니다. 어떤 논리들은 검토 과정에서 그런
시험을 통과하지 못하고 폐기됩니다.
　　누군가는 이런 능력을 'AI 사용 능력' 혹은 'AI와 협업하는
능력'이라고 부를지도 모르겠습니다. 견해의 재료라 할 만한
논리 다발들을 쌓아놓고 서로 연결하면서 '이런 부분을 간과한
것 아닌가? 이런 상황에서도 유효할까? 이런 관점에도 적용할
수 있나?' 등등을 AI에 물으면서 커다란 견해를 설계하는

능력이라고 설명해볼까요.

이 능력이 있는 사람과 그렇지 못한 사람의 격차는
어마어마할 겁니다. AI에는 품질 높은 질문을 입력하면 품질
높은 답변이, 질 낮은 질문을 입력하면 질 낮은 답변이
나옵니다. 품질 높은 답변을 얻은 사람은 그 답변을 바탕으로
더 예리하면서 더 깊이 있는 질문을 입력하게 됩니다.
질문에서 답변까지 걸리는 시간은 얼마 되지 않으니까, 품질
높은 질문을 만들어낼 수 있는 사람과 그렇지 못한 사람이
얻는 답변의 수준은 한없이 벌어지겠죠. 그것도 아주 빠르게요.

품질 높은 질문이란 무엇일까요? 문제를 너무 넓지도, 너무
좁지도 않게 규정해서, 정확한 개념 언어를 사용하고, 구체적인
답이 나올 수 있도록 조건을 설정해서, 어떤 답이 배제되는지
인식하며 던지는 질문입니다. 그런 문답을 통해 논리를 잇고
굽히고 붙이며 긴 맥락을 이어가려면 여러 사상가의
결론보다는 그 사상가들이 그런 결론을 내기 위해 어떤
'생각의 중간 과정'을 거쳤는지 아는 게 더 중요합니다.

이런 종류의 복잡한 사고력은 암기로도, 해시태그
붙이기로도 길러지지 않습니다. 글쎄요, 나중에는 이런
사고력을 키우는 교육 프로그램도 나올까요? 지금으로서는
없는 것 같습니다.

대부분의 청소년, 청년 대상 논술 시험이나 토론

프로그램들은 일정한 시간 안에 하나의 관점을 완결성 있게
주장하는 데 초점을 둡니다. 주장과 근거의 일관성을 중시하는
그런 테스트에서 여러 관점의 논리를 종합하려다보면 오히려
점수를 잃습니다. 그러기에는 테스트 시간도 너무 부족하고요.
당연한 말이지만 새로운 관점을 제시할 수도 없습니다. 새로운
관점은 대개 오랜 숙고 끝에 나옵니다.

　저런 유형의 논술 시험, 토론 프로그램들은 비평가들을
길러내는 데 적합합니다. 비평가가 하는 일도 대개 어떤
사건이나 현상 앞에서 빠른 시간 안에 하나의 관점을 완결성
있게 주장하는 것이고요. 저는 간혹 이런 학교 교육 때문에
현대 사회에 비평가는 지나치게 많은 반면, 충돌하는
이해관계를 잘 조율해서 일을 성사시키고 책임을 지는 사람은
드문 것 아닐까 생각합니다. 사안을 보는 독창적인 관점을
제시하는 사람이 얼마나 적은지는 말할 필요도 없겠지요.

　이 새로운 성격의 앎, 여러 논리를 검토하고 종합하고
책임지는 능력, 커다란 견해를 설계하는 복잡한 사고력을
뭐라고 부르면 좋을까요? 저는 그런 지적 작업이 대형
토목공사와 닮았다는 생각이 듭니다. 거대한 지형(현실)을
분석하고, 단단하게 기초를 다지며(추상화하며), 여러 구조물의
하중(논리)을 견디는 거대 건축물을 지어야 한다는 점에서요.
거대한 건축물을 계획, 관리, 시공하는 기업을

종합건설회사라고 부르니, 그와 흡사한 지적 능력에 대해서는
'종합건설지성'이라고 불러볼까 합니다.

　그런 종합건설지성을 키우는 방법은, 현재로서는 앞선
종합건설지성들이 일하는 방식을 보고 흉내 내는 것 외에 달리
없는 것 같습니다. 다행히 자신이 복잡한 사고의 건축물을
만든 방식을 친절하게 책으로 풀어 쓴 저자들이 있습니다.
그런 책을 읽어야 합니다. 그런데 그런 책은 벽돌책일
가능성이 상당히 높습니다.

사유의 과정을
보여주는 벽돌책

건설업계에 종사하지 않는 사람 대부분은 종합건설회사의
공사 과정은 보지 못하고 그 결과물만을 보지요. 공항이나
현수교, 컨벤션센터 같은 웅장한 건축물 앞에 있으면 그걸
도대체 어떻게 지었을지, 어떤 순서로 지었을지 상상이 잘 안
갑니다. 그저 감탄만 하게 될 뿐이지요. 지적 건축물에
대해서도 같은 이야기를 할 수 있겠습니다.

아래에 소개하는 벽돌책 열한 권은 결론에 해당되는 거대한
지적 건축물뿐 아니라 그 건축물을 건설한 과정까지 상세히
보여주는 설계도면 같은 책입니다. 생각의 대형 토목공사를
배워야 하는 사람에게는 가장 좋은 교재라고 생각합니다. 이런

벽돌책들을 요약해서 읽는 것은 건설 현장을 견학하러 가서 중간 과정을 빼먹고 바로 출구로 나오는 꼴입니다.

어쩌면 저자의 결론에 동의하지 못할 수도 있습니다. 하지만 결론보다 더 중요한 것은 '이 지점에서 이런 질문을 던질 수 있구나' '이 논리를 이 정도로 밀어붙일 수 있구나' 하는 깨달음입니다. 그렇게 대가들이 논리를 다루는 법을 보면서 종합건설지성을 키울 수 있습니다. 저는 지금 한국의 학교와 학원들에서는 이런 훈련을 할 수 없다고 생각합니다. 그런 기관에는 시간적 여유도, 다른 관점이나 반론을 허용하는 지적 여유도 부족해 보입니다.

009

『우리 본성의 선한 천사』

—

스티븐 핑커 지음 | 김명남 옮김 | 사이언스북스 | 2014[2011] | 1406쪽

청년들이 읽어야 할 책을 추천해달라는 요청을 자주
받습니다. 비슷한 요청을 받다보니 답도 비슷하게 하게 되는데,
개중에 요청한 측에서 놀라며 되묻는 책이 두 권 있어요.
하나는 그레고리 맨큐의 『맨큐의 경제학』, 다른 책은 스티븐
핑커의 『우리 본성의 선한 천사』입니다. 『맨큐의 경제학』도
두툼한 벽돌책이니 언젠가 다뤄보고 싶습니다. 지금은 후자를
이야기해보려 합니다.

『우리 본성의 선한 천사』에 대해서는 특히 제게 독서 토론
주제 도서를 요청한 분들이 "정말 이걸로요?" 하는 반응을
보이시더라고요. 1406쪽이라는 페이지가 아무래도

부담스러울 테고, 책값도 만만치 않죠. 상대가 곤란하다고 하면 다른 책을 고르기는 하지만 저는 속으로 아쉬워합니다. 두꺼워서 그렇지 그리 어렵지 않고, 매우 재미있는 데다 청년기에 읽으면 특히 좋을 책이라 여겨서 그렇습니다.

이 책의 내용을 한 줄로 요약하자면 이렇습니다. 인류 역사에서 폭력은 꾸준히 감소했고, 여기에는 과학적인 이유가 있다는 것. '우리는 역사상 가장 평화로운 시대를 살고 있다'는 주장에 무슨 말도 안 되는 소리냐고 펄쩍 뛸 분이 많을 겁니다. 세계대전이 두 차례나 벌어진 20세기가 상대적으로 평화로운 시기였다는 주장에도요. 심리학자인 저자는 고고학, 역사학, 인류학에서부터 사회학, 경제학, 생물학, 신경과학, 때로 문학과 철학에 이르기까지 실로 방대한 영역을 누비며 설득력 있는 증거와 이론을 제시합니다.

제목만 보고 내용을 잘못 짐작하면 안 됩니다. 인간이 모두 천사이며, 우리 본성을 믿으면 폭력이 저절로 줄어들 거라는 내용이 절대 아닙니다. 핑커의 견해는 오히려 그 반대에 가깝습니다. 그는 계몽주의와 상업, 기술의 발달이 폭력 감소에 결정적인 영향을 미쳤다고 논증하면서 측은지심惻隱之心의 한계를 지적합니다. 우리 본성의 악마와 그 악마를 부추기는 힘도 섬뜩하게 설명합니다. 우리 안의 악마를 억누르고 천사를 북돋우려면 정교한 사회 시스템이 필요하다는 게 핑커의 주장입니다.

　냉철하지만 보기 드물게 희망적인 책이기에 특히 청년 세대에게 권하고 싶습니다. 인간 존재에 염증이 생기고 진보를 더는 믿을 수 없을 때 이 책은 해독제와 같습니다. 더디긴 해도 역사는 발전하며, 우리의 이성이 해답이라고 외칩니다. 제게는 이런 방대한 지적 프로젝트를 한 사람이 수행했다는 사실 자체가 하나의 희망으로 느껴지네요. 물론 청년이 아닌 세대 독자들에게도 강력히 추천합니다.

010

『생각에 관한 생각』

—

대니얼 카너먼 지음 ｜ 이창신 옮김 ｜ 김영사 ｜ 2018[2011] ｜ 728쪽

저는 논픽션 『당선, 합격, 계급』을 쓰면서 대니얼 카너먼의 『생각에 관한 생각』에 나오는 한 일화를 인용했습니다. 원고 작업을 하는 동안 『생각에 관한 생각』을 몇 번 들춰봤는데 그때마다 한참이나 책장을 넘기며 눈을 떼지 못했어요. 역시 명저구나 하는 생각이 들었습니다.

제 논픽션 원고를 다듬을 때쯤 『생각에 관한 생각』 개정판이 나왔습니다. 저자의 논문 두 편과 감수자의 추천사를 더하면서 분량은 728쪽으로 두툼해졌더라고요. 무엇보다 번역을 다시 하면서 글이 훨씬 더 유려해졌습니다. 첫 번역본은 피하시기를 권합니다.

카너먼은 노벨경제학상을 받은 최초의 심리학자이자
행동경제학의 창시자입니다. 그리고 이 책은 카너먼이
행동경제학에 대해 쓴 유일한 대중교양서입니다. 나심
탈레브는 이 책이 애덤 스미스의『국부론』과 동급이라며
극찬했는데, 제게는 그 말이 그리 과장처럼 들리지 않네요.

다들 알다시피 인간은 그다지 이성적인 존재가 아닙니다.
하지만 고전경제학은 인간을 이성적인 존재라고 가정하기에
현실을 묘사하거나 정책을 세우는 데 자주 실패하지요.
경제학자뿐 아니라 인간을 연구하고 관찰하는 사람이라면
모두 우리 자신의 비이성적인 행동에 당혹감을 넘어
좌절감마저 느끼게 됩니다. 몇몇 성급한 이들은 급기야 이성
자체를 부정하기에 이릅니다.

카너먼은 인간이 어떤 상황에서 비이성적으로 행동하는지
분석하고, 그런 비이성적 행동에도 패턴이 있음을 보여줍니다.
인간은 빠르지만 거칠고 원시적인 '시스템 1'과 좀더
정확하지만 느리고 게으른 '시스템 2', 그렇게 두 가지 방식을
함께 사용해 생각한다는 것입니다.

두 시스템의 특성이 각각 어떤지, 어느 때 발동하고 어떤
식으로 오작동하는지, 어떻게 길들일 수 있는지는 직접
확인하는 편이 좋겠습니다. 대학생 정도면 막힘없이 읽을 수
있는 난도로, 사실 상당히 재미있습니다. 책장을 덮을 때쯤에는

인간의 비이성을 드디어 우리가 제대로 다룰 수 있을지
모르겠다는 희망도 생기고, 행복을 누리는 법에 대한 뜻밖의
통찰까지 얻을 수 있습니다.

국내에서는 2012년 초판이 나온 뒤 10만 부가 넘게 팔렸고,
매년 1만 부씩 꾸준히 나가는 스테디셀러입니다. 원제는
직역하면 '빠르고 느리게 생각하기Thinking, Fast And Slow'인데,
김영사에서는 당초 카너먼이 원고에 가제로 붙였던
제목(Thinking About Thinking)을 한국어판 제목으로 삼았어요.
개인적으로는 이 제목이 원제보다 더 나은 것 같네요.

011

『왜 서양이 지배하는가』

—

이언 모리스 지음 | 최파일 옮김 | 글항아리 | 2013[2010] | 1008쪽

단 세 단어로 이렇게 도발하기도 쉽지 않겠습니다. '왜 서양이 지배하는가.' 말인즉슨 지금 서양이 세계를 지배하고 있다는 얘기렷다? 무슨 근거로? '서양'은 뭘 뜻하고, '지배한다'는 개념의 의미는 뭔데? 책 제목이나 두께를 보아 하니 논리적인 이유를 제시하겠다는 분위기인데, 설마 '서양의 지배'가 당연하다고 말할 참이야? 이거, 현학의 가면을 쓴 신종 유럽우월주의 아냐?

어떤 분들은 정반대로 시큰둥할지도 모르겠습니다. 그거 재레드 다이아몬드가 『총 균 쇠』에서 다 한 얘기 아닌가, 문명 발달 초기에는 세로로 길쭉한 대륙보다 가로로 늘어진 대륙이

유리하고, 중기에는 그런 유라시아에서도 해안선이 단조로운 중국보다 땅 모양이 들쭉날쭉한 유럽이 더 조건이 좋다고…….

고고학자이자 역사학자인 이언 모리스는 이런 두 종류의 비판에 대한 반론을 먼저 제시합니다. 우선 '서양, 동양, 지배'라는 단어를 상당히 좁게, 그리고 꽤 설득력 있게 정의합니다. 또한 서양의 우세가 필연이었다고 보는 '장기고착이론'은 자연환경 요소를 너무 강조하고, 반대인 '단기우연이론'은 산업혁명이 유럽에서 시작했다는 사실에만 주목한다고 지적합니다. 두 관점 모두 산업혁명 이전 수천 년의 사회사를 간과한다는 겁니다.

이 책은 바로 그 수천 년에 집중하는데, 읽는 동안 저자의 진짜 질문은 '왜 서양이 지배하는가'가 아니라 '문명은 어떻게 발전하는가'임을 깨닫게 됩니다. 책은 거대한 시야로 동서양의 역사를 살피며 사회학도 지리적 요소만큼 중요하다는 것을 보여줍니다.

동서양 어떤 강대국도 수백 년 이상 권세를 누리진 못했습니다. 초기에 그 나라를 일으킨 힘이 몇 세대 뒤에 반드시 걸림돌이 됐죠. 그때 주변부 세력이 '후진성의 이점'을 업고 새 강자로 등장합니다. 동양도 서양도 비슷한 단계에 대붕괴를 겪었습니다. 중앙집권 국가가 출현하기 직전에 한 번, 제국이 농경사회의 한계에 부딪힐 때 다시 한 번입니다.

익히 알던 사실史實을 재구성하는 관점의 위치가 까마득히
높아서, 웅장하다고 해야 할지 장쾌하다고 해야 할지 하여간
읽는 내내 희한한 흥을 맛보게 되는 책입니다(작가도 외계인의
시선으로 보자고 독자를 부추깁니다). 로마-한나라,
르네상스-주자학, 합스부르크 왕가-도요토미 히데요시,
테오도라 황후-측천무후 식의 짝짓기를 접하는 즐거움도
쏠쏠하고요. 저자가 고전과 대중문화 양쪽에 모두 해박하고
유머와 재치도 빼어난 데다 대체역사소설 기법까지
능수능란하게 써먹는 특급 글쟁이인지라, 1008쪽이 후다닥
넘어갑니다.

012

『도도의 노래』

데이비드 콤멘 지음 │ 이충호 옮김 │ 김영사 │ 2012[1996] │ 884쪽

도도는 인간에게 제법 친숙한 새죠. 이름이 재미있고, 생김새가 우스꽝스럽고, 사람을 좋아하는 습성에도 호감이 갑니다. 대중문화에서도 종종 언급됩니다. 하지만 저는 살아 있는 도도를 본 적이 없고, 이 글의 독자들도 마찬가지입니다. 아프리카 남동부 모리셔스에 살던 이 새는 17세기에 멸종했습니다. 제대로 된 박제도 남아 있지 않습니다.

데이비드 콤멘의 『도도의 노래』는 도도의 멸종 과정과 원인을 자세히 다루지만, 그 이야기만 하지는 않습니다. 다윈과 함께 진화론을 창시한 앨프리드 러셀 월리스의 행적을 쫓고, 태즈메이니아 원주민의 슬픈 역사를 서술합니다. 화산 폭발로

거의 모든 생물이 죽은 아낙크라카타우섬을 탐험하고, 카누를 타고 바다를 건너 극락조를 찾아갑니다.

이렇게만 소개하면 여러 소재를 뒤죽박죽 산만하게 다루는 책 아닐까 의심할 수도 있겠지만 전혀 그렇지 않습니다. 이 884쪽짜리 논픽션에 나오는 다양한 현장과 인물, 동식물들, 그리고 과학 이론은 생태학의 한 갈래인 '섬 생물지리학'으로 초점이 모아지는데, 그 과정이 굉장히 매끄러워서 신기하다는 기분마저 들 정도예요. 저자의 문장도 매우 유려하거니와, 메시지를 쌓아올리는 책의 기본 설계 자체가 무척 정교하고 치밀합니다.

생물과 지리의 관계에서 섬이라는 장소는 왜 중요할까요. 책의 한 문장을 옮깁니다. '섬은 종들이 멸종해가는 곳이다.' 같은 면적이라도 대륙보다 섬에서 종들은 쉽게 사라진다고 합니다. 고립된 생태계는 충격에 취약하거든요. 이런 깨달음은 과연 섬처럼 격리된 작은 자연보호구역이 생물 다양성 보전에 얼마나 도움이 될지에 대한 고민으로 이어집니다.

딱딱하게 가르치려들지 않는데도 책장을 넘기다보면 생태계의 복잡성과 섬세함을 자연스럽게 공부하게 됩니다. 그러면서 우리가 짊어진 과제의 무게도 새삼 실감하게 됩니다. 파괴하기는 이토록 쉬운데 제대로 지키기는 어쩌면 그리도 어려운가요. 그럼에도 저자의 어조는 공격적이거나

절망스럽지 않고, 글은 품위와 유머를 잃지 않습니다. 슬프고
아름다우면서 동시에 지적이고, 모험소설 같은 현장감과
흥분을 전하는 기묘한 매력의 책입니다.

013

『용과 독수리의 제국』

—

어우양잉즈 지음 | 김영문 옮김 | 살림 | 2020[2014] | 920쪽

몇 페이지 앞에서 영국 역사학자 이언 모리스의 『왜 서양이 지배하는가』를 다루며 고대 로마와 중국의 한나라를 비교 설명하는 대목이 재미있다고 썼지요. 이번에 소개하려는 어우양잉즈의 『용과 독수리의 제국』은 920페이지에 걸쳐 두 제국의 닮은 점과 다른 점을 더 깊고 자세하게 살피는 책입니다. 어우양잉즈는 진시황이 세운 진秦나라를 한나라만큼이나 중요하게 보기에, 정확히 말하면 비교 대상은 고대 로마와 중국의 진·한 왕조입니다.

한 범주 안에 있는 두 대상을 세밀히 비교하면서 우리는 그들이 속한 카테고리 자체에 대해서도, 두 대상의 개성에

대해서도 새로운 각도에서 통찰을 얻게 됩니다. 먼저 로마와 진·한의 공통점을 읽을 때에는 여기에 거대 제국의 흥망에 대한 일반 법칙이 숨어 있는 것 아닌가 하는 생각이 자연스럽게 듭니다. 이웃을 무력으로 정벌하되 그 문화에 대해서는 열린 자세여야 한다든가, 확장 과정에서는 점령지에 주둔군을 두는 대신 패권을 쥐는 편이 낫다든가, 정치 엘리트 계층을 포섭해야 한다든가, 도로 건설이 중요하다든가…….

그런데 이 책에서 진짜 흥미진진한 부분은 로마와 진·한 제국의 차이점들입니다. 예를 들어 이런 분석은 어떻습니까. 고대 중국은 노예가 있는 사회였지만 노예에 기반을 둔 경제는 아니었습니다. 반면 로마는 인류 역사에서 가장 규모가 컸던 노예제 사회였습니다. 아이러니하게도 노예제 사회에서 '자유'라는 개념과 자유민의 권리가 더 심도 있게 논의되고 발전합니다. 고대 중국에는 자유민과 노예라는 대립항이 없었고, 대신 양민과 천민이라는 개념만 있었습니다. 이런 차이가 동서양의 문화와 전통적 사고방식에도 당연히 어떤 영향을 미쳤겠지요?

책 내용만큼이나 저자의 이력도 흥미롭습니다. 어우양잉즈는 중국계 미국인 여성으로 매사추세츠공대MIT에서 물리학 교수로 일하다 퇴임한 뒤 역사 연구에 뛰어들었습니다. 과학자 출신답게 논증이 꼼꼼하며,

중국 역사와 문화에 해박하면서도 '중화中華'를 찬양하거나 거기에 자부심을 드러내는 기색은 전혀 없습니다. 시종일관 유가와 한나라를 비판하고 법가와 진나라를 높이 평가하는 관점도 눈여겨볼 만합니다.

유가와 한나라를 비판하고 법가와 진나라를 높이 평가하는 관점도 눈여겨볼 만합니다.

014

『사고의 본질』

—

더글러스 호프스태터·에마뉘엘 상데 지음 ┃ 김태훈 옮김 ┃ 아르테 ┃ 2017[2011] ┃ 768쪽

상투적인 표현이지만 인지과학자 더글러스 호프스태터의 저작을 읽을 때마다 인식의 지평이 넓어지는 느낌을 받습니다. 그래서 의무감을 갖고 도전합니다.『괴델, 에셔, 바흐』는 안나푸르나처럼 가파른 험산險山이었어요. 철학자 대니얼 데닛과 함께 쓴『이런, 이게 바로 나야!』는 오르는 재미가 있는 설악산으로 비유할 수 있을 것 같네요.

프랑스 심리학자인 에마뉘엘 상데와 함께 집필한『사고의 본질』은 일본의 후지산 정도에 빗댈 수 있겠습니다. 가보지 못했지만 후지산은 높이에 비해 등반이 어렵진 않고, 막상 가보면 풍경은 소박하다는 평을 받는다고 합니다.『사고의

본질』도 심오한 주제를 768쪽에 걸쳐 다루지만 내용 자체는 교양서 독자가 무난히 따라갈 수 있습니다. 다만 호프스태터의 다른 책만큼 전개가 현란하지는 않습니다.

저자들이 주장하는 사고의 본질을 두 단어로 요약하면 범주화와 유추입니다. 우리는 우리가 접하는 모든 사물, 관계, 개념에 수없이 많은 라벨을 붙입니다. 그런 범주화를 통해 그들 사이의 유사성을 알아차리며, 새로운 개념도 유연하게 탐구할 수 있습니다. 사고의 도약도 그렇게 일어납니다.

갈릴레오는 목성과 목성의 위성과의 관계가 지구-달의 관계와 비슷하다는 점을 알아차렸습니다. 목성의 위성과 달을 '더 큰 천체 주변을 공전하는 작은 천체'라는 범주로 묶자 그 범주에 지구와 달도 속하는 것 아닌가 하고 생각하게 됐죠. 이는 어린아이가 '식물'이라든가 '자동차' 같은 추상적인 개념을 습득하는 방식과 다르지 않습니다.

저는 앞에서 어려운 책과 가파른 산을 한 범주로 묶었습니다. 독서와 등산을 한 범주로 묶을 수도 있을 것 같습니다. '내가 직접 체험해야 하며, 다른 사람이 대신 해줄 수 없는 일'로 말이지요. 그러니 위의 짧은 요약이 이 책을 다 설명해준다고 결코 오해 마시길.

미국인과 프랑스인 학자가 함께 쓴 이 책은 영어판과 프랑스어판이 동시에 원본이기도 하고 둘 다 번역본이기도

합니다. 심지어 두 판본의 내용이 조금 달라요. 사례들을
각각의 언어권 독자들이 더 이해하기 쉽도록 다르게 든다고
하네요. 저자들은 한국 번역가와 출판사에 한국어판도 그렇게
고쳐달라고 요청했고, 만족스럽지 않은 부분은 재번역까지
요구했다고 합니다.

015

『도덕의 궤적』

마이클 셔머 지음 | 김명주 옮김 | 바다출판사 | 2018[2015] | 768쪽

'신이 없다면 모든 것이 허용된다.' 도스토옙스키 소설의 무신론자들은 이런 사상에 빠져 파멸합니다. 독실한 기독교인이었던 도스토옙스키는 인간이 신 없이 도덕과 의미를 지닐 수 없다고 믿었지요.

『도덕의 궤적』은 이런 믿음을 정면으로 비판하고, 인류가 앞으로 종교적인 기반 없이 점점 더 나아질 것이라고 주장하는 문제적 저작입니다. 작가는 리처드 도킨스 등과 함께 종교를 공개 비판하는 무신론자 지성인으로 유명한 마이클 셔머. 과학적 회의주의자들을 위한 잡지『스켑틱』을 만든 바로 그 사람입니다.

768쪽짜리 책의 앞부분은 스티븐 핑커의 『우리 본성의 선한 천사』와 내용이 겹쳐요. 인류 역사에서 폭력은 꾸준히 감소했고, 그런 진보의 동력은 종교가 아닌 과학과 이성이었다는 분석입니다. 참고로 핑커는 "『우리 본성의 선한 천사』의 속편을 찾는다면 그게 바로 이 책"이라며 『도덕의 궤적』을 호평했습니다.

셔머는 거기서 더 나아가 인류의 도덕적 발전에 뚜렷한 방향성이 있다는 견해를 펼칩니다. 일부 계층에서 전체 인류, 더 나아가 동물에 이르기까지 '고통을 느끼는 모든 존재'를 포괄하려는 길로 우리가 구불구불 나아가고 있다는 주장이죠. 셔머는 문명의 단계별로 인간을 제어하는 힘이 기본 감정에서 원시적 정의감, 형사사법제도로 발전하며, 다음 목표는 응보가 아닌 회복을 추구하는 정의라고 주장합니다.

인류 전체에 초점을 맞췄기에, 도스토옙스키가 고민한 '왜 나 개인이 도덕적으로 살아야 하나?'라는 질문에는 어물쩍 넘어간다는 생각도 들기는 합니다. 그러나 치밀한 사유와 꼼꼼하게 수집한 근거들은 반박하기 어렵습니다. '문명 2.0'과 외계인에 대한 논의까지 펼치는 말미에는 장쾌하다는 탄성마저 나옵니다.

책을 펴낸 바다출판사는 한국판 『스켑틱』도 2015년부터 내고 있습니다. 『왜 사람들은 이상한 것을 믿는가』 『왜 다윈이 중요한가』 등 셔머의 다른 저작도 출간했습니다. 김인호 대표는 "셔머의 합리주의, 이성주의가 우리 출판사의 지향점이고, 제 개인적인 지향점이기도 하다"고 말씀하시더군요. 같은 생각을 품은 한국 독자들이 은근히 있나봐요. 『도덕의 궤적』은 나온 지 한 달 만에 초판 1쇄가 다 팔렸다고 합니다.

016

『통제 불능』

—

케빈 켈리 지음 | 이충호·임지원 옮김 | 김영사 | 2015[1994] | 932쪽

기계가 인간을 지배하게 될까요? 21세기가 아니라면 22세기에라도? 인간은 계속 기계를 다스릴 수 있을까요? 뒤에서 소개하겠지만 레이 커즈와일 같은 미래학자는 인간보다 똑똑한 기계를 걱정할 필요가 없다고 주장합니다. 우리가 기계와 결합해 '포스트휴먼'이 되고, 호모 사피엔스를 능가하는 다른 종으로 도약하면 되기 때문이라고 하지요. 정말이지 낙천적인 사람입니다.

과학기술 잡지 『와이어드』의 초대 편집장이었고, 이제는 '과학사상가'라는 수식어도 어색하지 않은 케빈 켈리는 좀더 난감한 전망을 제시합니다. 그에 따르면 인간과 기계가

81

결합하기는 합니다. 개체 수준을 넘어 거대한 생태계 차원에서요. 켈리의 표현을 빌리자면, '태어난 것'과 '만들어진 것'은 곧 하나의 복잡적응계로 수렴할 것입니다. 그리고 우리는 그 세상을 통제할 수 없습니다. 그곳에서는 새로운 '야생'이 출현합니다.

몇 줄로 거칠게 요약해놓으니 뜬구름 잡는 소리 같지만 『통제 불능』이 932쪽에 걸쳐 펼치는 설명을 따라가다보면 고개를 끄덕이게 됩니다. 책이 근거로 제시하는 논리들은 거대하면서 참신한데, 켈리는 우리가 알고 있다고 생각하는 개념을 전혀 다른 각도에서 다시 보게끔 만듭니다. 그것도 여러 번.

켈리가 사용하는 방식은 주로 먼 거리에서 크게 조망하기입니다. 예를 들어 『통제 불능』은 생태계를 이렇게 규정합니다. '각각의 종이 서로 제각기 다른 역할을 시험해보고 새로운 파트너 관계를 모색하는 느슨한 네트워크.' 그런 시스템에서는 한 사건이 생각지도 못한 지점까지 거의 무한하게 간접적인 영향을 미치며, 우리는 이에 대해 아는 것이 별로 없습니다. 이제 생명만큼이나 복잡해진 영리한 기계들과 인류는 바로 그런 관계가 될 것입니다.

썩 쉽지는 않은 책입니다. 하지만 천천히 곱씹어 읽는다면 진화, 생물학, 자아, 섹스, 인류의 역사까지 낯선 언어로

재검토하면서 뜻밖의 통찰들을 무더기로 건질 수 있습니다. 왜
지구적 차원에서 생각해야 하는가, 왜 자연을 보호해야 하는가,
그 자체로 살아 있으며 그렇기에 늘 불확실한 네트워크 세상—
인간 사회든 경제 시스템이든—에서는 어떤 목표를 지녀야
하는가와 같은 것이요. 물론 우리 앞에 닥친 미래와
과학기술에 대해서도 해당되는 말입니다.

017

『인간 무리, 왜 무리지어 사는가』

—

마크 모펫 지음 | 김성훈 옮김 | 김영사 | 2020[2018] | 740쪽

사람을 가장 닮은 동물은 뭘까요? 침팬지? 보노보? 어쩌면 답은 '개미'인지도 모릅니다. 개체 차원에서는 물론 인간과 유인원이 비슷하지요. 그러나 사회 수준에서는 유인원 집단보다는 개미 군집이 훨씬 더 우리의 도시와 흡사합니다.

침팬지는 모르는 침팬지와 협력하지 않습니다. 그래서 침팬지 집단의 규모는 일정 크기를 넘지 못하며, 그 안에서 '익명'은 존재할 수 없습니다. 그런가 하면 펭귄이나 아메리카들소는 거대한 군집을 이루기는 하지만 그저 모여만 있을 뿐입니다.

반면 인간과 개미는 잘 모르는 상대와 복잡한 관계를 맺고

협력합니다. 사실 인간은 다른 집단의 구성원과 어울릴 수 있다는 점에서 개미와도 다릅니다. 처음에는 분명히 인간 무리도 작은 수렵채집인 집단에 불과했는데, 어떻게 이처럼 크고 정교한 사회를 이루게 됐을까요. 어떻게, 그리고, 왜?

열대생물학자 마크 모펫의 740쪽짜리 책『인간 무리, 왜 무리지어 사는가』를 읽다보면 이처럼 인간의 사회성이 얼마나 기이하고 독특한지 새삼 깨닫게 됩니다. '어떻게, 그리고, 왜'에 대한 탐구는 겸손처럼 우리가 개인의 미덕으로 여기는 특질이나 평등주의 같은 개념에 대한 색다른 통찰로 이어집니다. 에드워드 윌슨이 말한 통섭의 적절한 사례라 하겠습니다.

책은 뒷부분에서 묵직한 숙제를 던집니다. 우리를 묶어준다고만 여겼던 인간적 사회성에는 치명적인 취약점이 있습니다. 깊은 생물학적 본성 때문에, 우리는 사회적 지위를 위해 엄청나게 잔인해질 수 있고, 적을 발명해 인간이 아닌 존재로 기꺼이 깎아내립니다. 인간 사회는 반드시 분열됩니다.

세계화와 파편화가 동시에 진행 중인 이 시대에 더 무겁게 다가오는 화두입니다. 그렇다면 그런 압력에 맞서 현재의 사회 구조를 어떻게 바꿔야 할까요. 저자는 '순진한 범세계주의는 몽상'이라고 단언합니다.

표지가 참 예쁜 책이에요. 영어판 원서와는 디자인이

딴판입니다. 임솜이 김영사 편집자는 "다양한 생물종의 사회를 다루는 책이라 다채로운 느낌이 들면 좋겠다고 생각하던 중 앙리 루소의 정글 그림이 떠올라 디자이너에게 제안했다"고 설명하시더라고요.

018

『문명과 전쟁』

—

아자 가트 지음 | 오숙은·이재만 옮김 | 교유서가 | 2024[2006] | 1064쪽

저는 한국이라는 특수한 나라에 살고 있기 때문에 특수한 세계 인식을 지니게 되지 않았을까 하는 생각을 종종 합니다. 예를 들어 한국인들은 밤거리에 대한 두려움이 다른 나라 국민보다 옅은 것 같습니다. 전쟁에 대해서도 그렇습니다. 군사적 긴장 상태에서 한국인만큼 태평한 국민도 없어 보여요. 한국인 대부분은 전쟁을 경험한 적도 없으면서 자신들이 전쟁 중인 국가에 있다는 말은 귀에 못이 박히도록 자주 들었죠. 그러다보니 전쟁의 무서움을 오히려 잘 모르는 듯합니다.

종전 선언에 대해서도 혹시 우리는 과도한 환상을 품고 있는 것 아닐까요? 그런 선언을 하건 하지 않건, 모든 나라가 다

전쟁 준비 상태인 것 아닐까요? 이번 글을 쓰기 위해 아자 가트의 『문명과 전쟁』을 다시 들춰보다 든 상념입니다. 이 1064쪽짜리 벽돌책을 읽다보면 문명의 기본 상태가 전쟁과 휴전의 반복이며, 종전은 천국이나 완전고용처럼 개념으로만 존재하는 단어일지 모르겠다는 생각이 듭니다.

『문명과 전쟁』의 내용을 한 줄로 요약하면 아마 '문명과 전쟁은 서로를 만들며 공진화共進化했다' 정도겠습니다. 그러나 이런 요약은 별 의미가 없는 것이며, 책의 묘미는 방대하고 꼼꼼한 '어떻게'에 있습니다. 책은 무려 200만 년이라는 기간을 원시사회, 전근대, 근대 이후의 세 부분으로 나눠 다룹니다.

텔아비브대학 석좌교수인 저자는 인류의 초기 상태가 결코 평화롭지 않았음을 보여주고, 거의 필연적이라고까지 할 원시 전쟁의 원인들을 하나하나 거론합니다. 그러나 저자는 '아아, 우리는 전쟁하러 태어난 종이다'라고 탄식하지는 않습니다. 대신 '인간을 포함한 모든 유기체가 동족과 폭력적으로 경쟁한다'고 냉정하게 지적합니다. 동시에 책은 자유민주주의 국가들 간에는 전쟁이 잘 벌어지지 않는다는 가설을 세심히 점검하면서도 섣부른 낙관은 경계합니다. 기마병이라는 신무기가 봉건제도를 낳았다는 등의 흥미로운 분석들이 그 사이를 빼곡하게 채웁니다.

빅뱅에서 시작하는 이른바 '빅 히스토리' 도서들이 우주에서

굽어보는 지구를 보여주려 한다면, 이 책이 그리는 풍경은
대략 성층권 정도에서 내려다본 인간 사회인 것 같습니다.
그리고 그 높이에서만 포착되는 진실도 있습니다. 같은
이스라엘의 전쟁사 전문가인 유발 하라리의 책들과 비교하면
약간 더 딱딱하고, 전쟁이라는 한 가지 주제를 좀더 깊이
파고드는 편입니다.

무지막지한 두께와 쉽지 않은 내용에도 불구하고 국내 출간
2년도 안 돼 9쇄를 제작한 책이라고 하네요. 교유서가
출판사의 최연희 실장은 "밀도와 열량이 높은 책"이라며 "팀을
짜서 세미나 형태로 읽고 소화하는 독자가 많다"고
전했습니다. 벅찬 상대를 만나면 인간은 협업하지요.
전쟁에서도, 독서에서도.

019

『나이듦에 관하여』

—

루이즈 애런슨 지음 | 최가영 옮김 | 비잉 | 2020[2019] | 844쪽

몇 년 전 아툴 가완디의 『어떻게 죽을 것인가』를 감명 깊게 읽고 여기저기 추천했습니다. 이 책은 그사이 제법 알려졌으니 이제 루이즈 애런슨의 『나이듦에 관하여』를 추천하고 다니렵니다.

두 책은 닮은 데가 많습니다. 두 책 다 웬만한 작가보다 글을 훨씬 더 잘 쓰는 의사들의 저작이에요. 두 책 다 현대 의학이 삶의 뒷부분을 제대로 이해하지 못한다고 날카롭게 비판하지요. 두 책 다 병원 이야기를 병원 밖 담론으로 확장합니다. 독자 개개인에게 꼭 필요한 실용적인 조언과 사회 전체가 귀담아들어야 할 제안이 두 책 모두에 가득합니다.

다른 점도 물론 있는데, 우선 『나이듦에 관하여』는 한국어판이 844쪽으로 두께가 『어떻게 죽을 것인가』의 두 배 정도 됩니다. 또 외과 의사이자 남성, 하버드대학 의대 교수인 가완디와 달리 애런슨은 젊은 여성 연구자로 노인의학이라는 영역을 개척해나가며 수많은 고충을 겪었고, 그 사연을 책에서 진솔하게 풉니다.

무엇보다 두 책이 다루는 인생의 시기에 다소 차이가 있습니다. 『어떻게 죽을 것인가』가 삶의 마지막 장에 초점을 맞추는 데 비해, 『나이듦에 관하여』는 노년이라는 좀더 긴 기간을 전체적으로 살핍니다. 노년은 죽음보다 더 복잡합니다. 죽음을 의연히 받아들이는 사람은 간혹 있어도, 노화에 대해서는 그러기 힘듭니다.

책을 읽으며 노인들이 얼마나 약자인지 새삼 깨닫습니다. 노인들은 대체로 투명인간입니다. 병원에서는 아무리 아파도 환영받지 못합니다. 의사들은 노인의 몸에 대해 잘 몰라 과잉 치료하기 일쑤이고요. 책의 표현을 빌리면, 노인들에게는 세상의 잣대 자체가 너무 높습니다. 짧은 보행자 신호, 지나치게 밝은 실내 조명, 매일 쏟아지는 새로운 디지털 기술……. 그러다 떨어진 청력 때문에 경찰의 지시를 제대로 듣지 못하면 정말로 사살될 수도 있습니다.

뭐, 한국에서 총에 맞을 일이야 없겠지요. 하지만

대한민국이 노인 자살률과 노인 빈곤율이
경제협력개발기구OECD 국가 중 압도적 1위라는 점은
명심해야겠습니다. 노인 인구 증가 속도가 가장 빠른 나라라는
점도. 그런 면에서 모든 부처의 고위 공무원들부터 의무적으로
이 책을 읽으면 좋겠습니다. 노인이 살기 좋은 방향으로
사회를 재설계하는 것 외에 우리에게 다른 선택지가 있긴
한가요.

3장

어떤 생각들은
그에 걸맞은 분량을 요구한다

서로 충돌하고 보완하며 만들어내는

더 높은 차원의 통합적 통찰을 이끌어내려면

하나의 사유가 중단 없이

연속적으로 이어지는 공간이 필요합니다.

서로 충돌하고 보완하며 만들어내는

더 높은 차원의 통합적 통찰을 이끌어내려면

하나의 사유가 중단 없이

연속적으로 이어지는 공간이 필요합니다.

　벽돌책을 읽으면서 한동안 신기하게 생각한 점이
있었습니다. 다양한 저자가 다양한 분야에 대해 쓴 책들을
분량 외에 특별한 기준 없이 손에 잡히는 대로 집어들었는데도
다 읽고 나면 높은 확률로 만족스러웠거든요. 벽돌책이 아닌
다른 책들을 그렇게 읽었을 때와 비교해 그 확률이 확연히
높았습니다.

　이렇게 두꺼운 책을 해치웠다는 뿌듯함도 있었겠지만,
그것만은 아니었습니다. 마치 벽돌책이라는 하나의 장르가
따로 있는 듯했어요. 벽돌책에는 두껍다는 사실 말고 정말
특별한 점이 있을까요? 있다면 그게 뭘까요?

　처음에 저는 그런 흡족함이 출판사들의 선택과 안목에서
비롯된다고 추측했습니다. 벽돌책을 만드는 데에는 시간이
오래 걸리겠지요. 시류에 편승해 후딱 찍어내는 책을 일부러
두껍게 낼 필요는 없을 테고요. 그리고 벽돌책들은 대개
제작비가 많이 드는데 판매 가격이 비싸 베스트셀러가 될
가능성이 낮으니 기획 단계에서 고민도 많이 하지 않을까요.
그러다보면 그 단계에서 자연스럽게 쭉정이들은 걸러지고
'이건 꼭 내야 한다'는 확신이나 사명감을 주는 기획안들이
살아남아 책으로 만들어지는 것 아닐까요?

　그런 면도 있는 것 같습니다. 여기에 더해 저는 요즘 벽돌책,
혹은 분권을 해 벽돌책이 아니더라도 분량이 긴 책에만 담기는

내용도 있다고 생각합니다. 복잡하고 다면적인 진실, 그리고 깊은 사유의 과정입니다. 도발적으로 들릴지 모르겠지만, 저는 이런 가치는 얇은 책에 담을 수 없다고 주장합니다. 그러니 우리는 반드시 대작들을 읽어야 합니다(대작들만 읽으라는 얘기는 물론 아닙니다).

—

앞에서 소개한 벽돌책 『도도의 노래』에서 과학 저널리스트 데이비드 쾀멘이 소개하는 생물지리학계의 논쟁을 비유로 삼으면 좋을 것 같습니다. 'SLOSS'라는 이름으로 알려진 논쟁입니다. 생태계를 보호하기 위해 일정한 면적으로 자연보호구역을 만들려고 합니다. 크게 하나 만드는 편이 나을까요, 작게 여러 개 만드는 편이 나을까요Single Large Or Several Small?

아직 결론이 완전히 나지는 않은 논쟁이지만 한 가지만큼은 분명합니다. 생물종마다 살아가는 데 최소한으로 필요한 생활공간이 있습니다. 큰 육식동물은 요구하는 생활공간도 큽니다. 10제곱킬로미터짜리 자연보호구역이 열 곳 있다면 곤충류는 무리 없이 잘 살아갈 수 있을지도 모릅니다. 그러나 활동 반경이 수십 킬로미터에 이르는 곰이 살기에는 좁습니다.

곰에게 10제곱킬로미터짜리 자연보호구역 열 곳과
100제곱킬로미터짜리 자연보호구역 한 곳은 결코 같지
않습니다.

저는 책의 두께와 내용의 관계도 이와 비슷하다고
생각합니다. 실제로 글을 쓰는 입장에서 상당히 경험적 근거가
있는 주장이에요. 200자 원고지 10매 분량의 칼럼에 담을 수
있는 내용이 있고, 도저히 그럴 수 없는 내용이 있습니다. 오래
쓰다보면 대충 견적도 나올 정도입니다.

어떤 크고 복잡한 생각은 최소한의 분량을 요구합니다.
'사유의 최소 서식지'라고 부를 수도 있겠습니다. 설명과
논증의 과정이 길기 때문입니다. 내용이 새롭고 도전적일수록
더 그러할 겁니다. 하나의 사유가 중단 없이 연속적으로
이어지는 생각의 영토가 필요합니다. 반면 진부하거나 명쾌한
메시지, 비교적 단순한 아이디어, 과정이 생략된 결론, 감상과
감성은 짧은 팸플릿에도 실을 수 있습니다.

즉 200쪽짜리 책 네 권을 읽는 것과 800쪽짜리 책 한 권을
읽는 것은 같지 않습니다. 200쪽에 담을 수 없는 사유도
존재하기 때문이죠. 200쪽짜리 책 네 권도 분량이 허락하는
크기의 생각을 전달할 수 있겠지만, 그 생각들이 서로
충돌하고 보완하며 만들어내는 더 높은 차원의 통합적
통찰까지 이끌어주지는 못합니다. 그런 일이 발생하려면

하나의 사유가 중단 없이 연속적으로 이어지는 공간이
필요합니다.

—

　동시에 800쪽짜리 책 한 권을 완독하는 것과 그걸
요약본으로 읽는 것도 완전히 다른 경험입니다. 요약본에는
결론은 있지만 거기까지 이르는 생각의 과정이 없습니다.
사유의 가치는 결론에만 담겨 있지 않습니다. 그리고 대개는
설명을 줄이면 왜곡이 생기고, 논증을 생략하면 결론이
공허해집니다.

　특히 복잡하고 다면적인 사유일수록 더 그렇습니다. 이런
사유일수록 전제가 되는 개념을 차근차근 세워야 하고,
반대되는 주장들을 함께 다뤄야 하며, 때로는 처음의 질문들을
수정하고 확장해야 합니다. 거대한 공사를 하려면 터가 넓어야
하듯, 이 모든 과정에는 반드시 어느 이상의 분량이
필요합니다. 그 과정을 모르는 채 크고 복잡한 사유를 제대로
이해했다고 말할 수 없습니다. 대개는 이해했다는 착각을 하고
넘어가게 되죠. 진화론이나 복잡계 과학을 피상적인 요약으로
자신이 이해했다고 믿고 엉뚱한 소리를 늘어놓는 '지식인'들이
얼마나 많은지요.

설령 그 분야의 전문가가 결론을 온전히 남겨 요약한 내용을
접하더라도 마찬가지라고 봅니다. '지구는 둥글다'라는 앎과
'지구가 둥글다는 사실을 어떻게 입증할 수 있는가, 어느 정도
규모 이상인 행성은 왜 구형이 되는가, 지구는 왜 완전한
구체가 아닌가'에 답할 수 있는 앎은 완전히 다릅니다.
여러분은 답할 수 있으신가요?

크고 촘촘한 생각이 담긴
벽돌책들

어쩌면 벽돌책 독서에서 얻을 수 있는 가장 큰 교훈은 이것인지도 모르겠습니다―현실이 단순하고 명쾌하지 않다는 사실을 배우는 것. 인터넷에서 흔히 접할 수 있는 한 쪽짜리 지식은 대개 엉성하거나 의미가 훼손된 상태임을 아는 것. 지적으로 겸손해지고 신중해지는 것. 이런 종류의 앎을 지닌 사람은 선동에도 덜 휘둘리겠지요. 한 쪽짜리 지식에 의존하는 사람들이 선동의 연료이자 불길이 되니까요.

크고 촘촘한 생각을 고해상도로 전해주는 벽돌책 열여섯 권을 소개합니다. 단숨에 읽기는 어렵겠지만 애초에 그래야 할 필요도 없습니다.

제가 적은 책 목록은 절대 '이 책들을 다 훑어보라'는 제안이
아닙니다. 다 좋은 책이지만, 유튜브에서 요약 내용을
찾아보지는 마세요. 그보다는 한 권이라도 시간을 들여
완독해보세요. 그게 훨씬 더 낫습니다. 제 소개 글 역시 책의
핵심과는 거리가 멉니다.

020

『축의 시대』

—

카렌 암스트롱 지음 | 정영목 옮김 | 교양인 | 2010[2005] | 740쪽

침팬지에게도 기초적인 도덕 감각이 있고, 인류의 종교적 행동은 기원이 최소한 수만 년 전으로 거슬러 올라갑니다. 그런데 유교, 도교, 힌두교, 불교, 그리스 철학, 이스라엘의 유일신교 같은 주요 종교와 사상은 지금으로부터 2500년 전 즈음에 불쑥 세계 곳곳에서 나타났습니다. 이는 우연의 일치라기에는 너무 놀라운 현상이라 여러 분야 학자들의 연구 대상이 됐죠. 카를 야스퍼스는 이 시기를 '축의 시대'라 일컫기도 했습니다.

수녀였다가 환속한 종교학자 카렌 암스트롱의 740쪽짜리 저작 『축의 시대』는 이 시기를 깊이 들여다봅니다. '종교는

인민의 아편이고, 농업 발전으로 인류가 먹고살 만해지자
비슷한 때에 여기저기서 체계적인 교리가 나왔을 뿐'이라며
심드렁해하실 분도 있겠지요. 그런 분들께 저는 이 책을 두
가지 이유에서 적극 추천합니다. 먼저 동서양 고전 문화에
대한 이해의 폭을 크게 넓혀준다는 점에서입니다.

호메로스의 서사시는 왜 지금도 사람들의 마음을 울릴까요?
구약성서의 야훼는 왜 그토록 무섭고 혼란스러울까요?
『논어』는 어떤 면이 혁신적인가요? 암스트롱은 고대 사회의
역사와 삶의 조건을 상세히 설명하며 이런 질문에 답합니다.
암흑시대를 경험한 그리스인들은 비극적인 세계관 속에서
'강렬한 삶'을 꿈꿨습니다. 구약에는 유대인들이 다신교 전통을
버리고 전쟁신인 야훼를 선택하는 과정이 담겨 있습니다.
공자는 우리 모두에게 완전한 인간인 군자君子의 잠재력이
있으며, 그 길은 하늘에 치성을 올리는 데 있지 않고
자기계발에 있다고 말했습니다.

이 책을 읽어야 하는 두 번째 이유는, 종교가 아편이 아님을
깨닫게 해준다는 점입니다. 해당 시대 상황 속에서 바라보면
축의 시대 사상가들이 얼마나 급진적이었는지를 비로소
이해하게 됩니다. 종교의 창시자들은 전혀 종교적이지
않았습니다. 그들은 모든 것을 의심하며 질문을 한계까지
밀어붙였고, 맹신과 황홀경을 부정하고 행동과 생활 감각을

중시했습니다. 이 통찰은 종교가 근본주의 신앙으로 퇴행하는 현대에 더욱 절실히 필요하다는 게 저자의 주장입니다.

『축의 시대』는 교양인 출판사의 대표작이자 스테디셀러이기도 해요. 정영목 이화여대 통역번역대학원 교수가 옮겼는데 작업에 4년 가까이 시간이 걸렸지만 번역 원고가 워낙 유려했다고 합니다. 종교학자들의 추천과 독자들의 호평 속에 관련 분야에서는 필독서로 통하는 분위기라고 하네요. 여러 대학에서 교재로 사용될 정도로 깊이 있지만 일반 독자들에게도 충분히 흥미로울 책입니다.

021

『행동』

—

로버트 M. 새폴스키 지음 | 김명남 옮김 | 문학동네 | 2023[2017] | 1040쪽

저자의 사진이 크게 인쇄된 띠지 이야기부터 해볼까요. 출판사에는 미안한 말이지만 제게는 이 띠지가 상당한 장애물이었어요. 로버트 M. 새폴스키가 '세계 최고의 신경과학자' '우리 시대 최고의 과학 저술가'로 칭송받는다는 사실을 몰랐으니 그의 얼굴이 유혹적이지는 않았죠. 오히려 카를 마르크스를 연상시키는 헤어스타일과 수염이 너무 근엄해 보여 내용도 참 무겁겠거니 하고 겁을 먹었습니다. 1040쪽짜리 책 『행동』은 실제 무게도 1.7킬로그램이 넘습니다.

저처럼 표지 앞에서 독서를 망설이는 사람이 없기를 바랍니다. 표지 뒤로는 제게 아무 고비도 없었습니다. 분명

두껍고 묵직한 내용을 담았지만 저자의 빼어난 유머 감각 덕분에 페이지는 술술 넘어갑니다. 나중에는 띠지를 봐도 마르크스보다는 작고한 코미디언 로빈 윌리엄스가 떠오르더군요.

새폴스키는 인간 개인과 집단이 왜 그렇게 행동하는지를 최신 신경과학의 이론으로 설명합니다. 왜 청소년은 그렇게 무분별하게 굴까, 왜 어떤 사람들은 타인의 고통에 잘 공감하는데 어떤 사람은 그러지 않을까, 불평등한 사회는, 일신교는, 범죄는, 전쟁은 왜 생길까, 왜……. 동시에 저자는 '뇌과학에 따르면 인간은……'으로 시작하는 각종 설명이 얼마나 오해로 가득한지 짚습니다. '사랑 호르몬'이라는 옥시토신은 자민족 중심주의와 외국인 혐오를 부추깁니다. 인간은 전형적인 일부일처 종에도, 전형적인 일부다처 종에도 들어맞지 않습니다. 신경전달물질은 맥락의존적이며, 어떤 행동의 생물학적 측면과 문화적 측면은 따로 분리되지 않습니다. 호모 사피엔스는 혼란스러운 종입니다.

곳곳에서 맞닥뜨리는 통찰과 유머도 즐거웠지만, 저는 책 앞뒤의 다소 모순되게 들리는 두 주장이 가장 흥미로웠습니다. 한 가지는 세상사 전부를 신경과학으로 설명하려는 최근의 지적 유행을 저자가 '신경과학의 패권'이라는 표현까지 동원하며 비꼰 대목입니다. 다른 한 가지는 뇌 결정론에

입각해서 현재의 형사사법제도를 강하게 비판하는 결론부의 도발이었습니다. 후자에 대해 좀더 듣고 싶은데, 아직 번역이 안 된 후속작에서 본격적으로 다룬다고 합니다. 기다릴 수밖에요. 이렇게 팬이 되나봅니다.

『부모와 다른 아이들』 1, 2

—

앤드루 솔로몬 지음 | 고기탁 옮김 | 열린책들 | 2015[2012] | 1권 872쪽 | 2권 760쪽

2025년에 몇몇 매체에서 '21세기 첫 사반세기에 나온 책 중 최고의 책'을 꼽아달라는 요청을 받았습니다. 스티븐 핑커의 『우리 본성의 선한 천사』와 앤드루 솔로몬의 『부모와 다른 아이들』 가운데 고민하다가 후자를 꼽았어요. 두 책 모두 읽으며 지적인 충격을 받았고, 읽고 난 뒤 세상과 인간을 보는 제 시각이 조금 바뀌었습니다.

두 책 모두 다소 부담스러운 저작이기는 합니다. 『부모와 다른 아이들』은 1권이 872쪽, 2권이 760쪽이나 됩니다. 게다가 가슴 미어지는 일화가 쉬지 않고 이어져, 무척 쉽게 잘 쓴 원고임에도 불구하고 속도가 붙지는 않습니다. 종종 눈을

감거나 책장을 넘기는 손을 멈추고 한숨을 쉬어야 합니다. 그런 고통을 사실적으로 전달하고 깊이 파헤친다는 게 이 책의 핵심이고 장점입니다.

제목대로 부모와 다른 아이들을 다루는 내용입니다. 1권에서는 부모와 달리 청각장애, 왜소증, 다운증후군, 자폐증, 조현병을 겪는 아이들, 그리고 그런 자식을 키워야 하는 부모들의 삶과 싸움을 보여줍니다. 2권은 좀 더 나아갑니다. 어린 천재, 범죄자, 트랜스젠더, 성폭행으로 태어난 아이들과 그 부모들의 이야기입니다.

일단 어마어마한 취재에서 나오는 묘사의 생생함과 주장의 설득력이 독자를 압도합니다. 저자는 300가구를 인터뷰했고 취재 기록은 4만 쪽이 넘는다고 해요. 자폐인 부모의 절망감이나 조현병 환자 가족의 두려움에 대해 읽을 때는 심장이 죄어드는 기분이 들었습니다. 막연히 힘들겠지, 하고 짐작하는 수준의 짐이 아니더군요. 우리는, 사회는, 뭘 해야 할까요.

인간이란 무엇일까에 대해서도 새롭게 생각하게 됐습니다. 이 책을 통해 '수평적 정체성'이라는 개념을 배웠습니다. '나는 어떤 사람인가'라는 질문의 답에 막대한 영향을 미치지만 유전으로 물려받지는 않고, 오히려 멀리 떨어진 타인과 공유하는 특징들. 청각장애나 작은 키가 어떤 이들의 정체성이 된다면, 그것을 '치료'하겠다는 시도는 어떻게 봐야 할까요.

쉽게 답할 수 없는 우리 시대의 중요한 질문들을 담았기에, 앞으로도 몇 번 더 훑어보게 될 것 같습니다. 각 장이 비교적 독립적인 구성이라, 뜻 맞는 지인들과 독서 스터디를 통해 읽어도 괜찮겠습니다.

『열정과 기질』

—

하워드 가드너 지음 ｜ 문용린·임재서 옮김 ｜ 북스넛 ｜ 2004[1993] ｜ 738쪽

창조적인 인재를 키워야 한다고 합니다. 교육부 장관도 대기업 회장도 그렇게 말씀하시더라고요. 거기에 나라의 미래가 달려 있다면서요. 학교에서는 창조성을 키운다는 방향으로 교육 제도가 수시로 바뀌고, 학원에서는 자신들의 프로그램이야말로 창조성을 쑥쑥 키워준다고 큰소리칩니다. 그런데 다들 창조성이 뭔지 알고는 있는 건가요? 학자들은 그게 정의하기 어렵고 어떻게 발휘되는 건지 모른다고 하던데요.

다중지능 이론을 창시한 세계적인 교육심리학자 하워드 가드너는 738쪽짜리 책『열정과 기질』에서 창조성의 문제를

파고듭니다. 접근법은 단순해요. 20세기 각 분야에서 창조적인 업적을 남긴 거장 일곱 명의 삶을 분석해 그들의 성격과 선택, 환경에서 공통점을 찾습니다. 가드너가 고른 인물은 프로이트, 아인슈타인, 피카소, 스트라빈스키, T. S. 엘리엇, 마사 그레이엄, 그리고 조금 놀랍지만 마하트마 간디입니다.

가드너에 따르면 창조적인 거장들은 성취를 중요하게 여기는 부르주아 집안에서 경계인으로 자라났고, 청년기에 대도시에서 동료들과 교류하며 지적 자극을 받았습니다. 엄격한 양심을 지녔으나 자신의 작업을 위해서라면 타인에게 매우 무자비해질 수 있었어요. 그들은 자기 분야에서 첫 번째 혁신을 이루고 10년가량 뒤에 두 번째 도약에 성공하며 대가가 됐습니다.

그런 '분석 결과'를 읽어도 창조성의 본질이 뭔지, 어떻게 하면 그걸 키울 수 있는지 썩 손에 잡히지는 않습니다. 대상을 제대로 고른 건가, 지나친 일반화 아닌가 하는 의문에 대해 긴 설명이 있지만 그리 개운치는 않습니다. 그럼에도 불구하고 저는 망설임 없이 이 책을 강력히 추천하는데, 저 '결론'은 사실 별로 중요하지 않기 때문입니다.

이 책은 20세기의 위대한 예술가와 사상가에 대한 100쪽짜리 평전 일곱 편 모음집이라고 여기며 책장을 넘길 때 가장 재미있고 매력적입니다. 문장은 편안하고 관찰은

예리합니다. 창조성이라는 관점에서 거장들을 바라보며
새로운 통찰을 얻습니다. 간디를 창의적인 공연가로 해석하면
그의 정치적 재능과 결코 순진하지 않았던 전략이 보이는
식이죠. 20세기라는 시대에 대한 분석도 무척 흥미롭습니다.

『생각의 역사』 1, 2

—

피터 왓슨 지음 | 남경태·이광일 옮김 | 들녘 | 2009[2006/2000] | 1권 1240쪽 | 2권 1328쪽

『살면서 한번은 벽돌책』에서 소개하는 벽돌책 100권 중 가장 긴 책이 바로 이 책이네요. 영국의 저널리스트이자 문화사가인 피터 왓슨이 쓴『생각의 역사』는 1권이 1240쪽, 2권이 1328쪽입니다. 도합 2568쪽. 판형도 커서, 겉보기에 딱 찜질방 목침처럼 생긴 책 두 권입니다.

피터 왓슨은 제가 아주 좋아하는 저자인데, 20세기 지성사에 해당되는 2권을 먼저 써서 유명해졌어요. 원제는 'A Terrible Beauty'였습니다. 그 뒤 원시시대부터 19세기까지 철학과 관념의 발전사를 훑는 1권(원제 'Ideas')을 펴냈습니다. 그래서인지 두 책은 톤이 약간 다릅니다.

인물과 에피소드 중심인 2권이 좀더 읽기 편하고 재미있습니다. 나치 독일을 다루는 장에서 불륜 상대였던 제자 한나 아렌트의 곤경을 모른 체한 하이데거 이야기나, 해외 대학의 교수직 제안을 닥치는 대로 수락하고는 어설프게 연봉 협상에 나선 아인슈타인의 일화를 소개하는 식입니다.

1권은 그보다 훨씬 더 밀도가 높고 날이 서 있습니다. 신문 기자로 일했던 시절 저는 기사 분량을 줄이면 줄일수록 사건을 날카롭게 규정하게 되는 압축의 마법을 몇 번 경험했는데, 이 책에도 같은 말을 할 수 있겠습니다. 저자는 '현대 민주주의와 관련이 있는 것은 고대 그리스가 아니라 로마 공화정'이라고 딱 부러지게 정리하고, 불교의 화두수행에 대해서는 '순간적 깨달음이 가능하다고 봤기에 동원한 황당한 명상과 난감한 논쟁'이라고 풀이합니다.

『생각의 역사』는 대단히 지적이고 방대한 저작이긴 하지만, 『총 균 쇠』나 『우리 본성의 선한 천사』와 같은 독창적인 주장이나 야심은 없습니다. 그게 이 책의 장점이자 읽어야 할 이유가 됩니다. 비유하자면 이 책을 읽는 일은 머릿속에 크고 튼실한 서가를 설치하는 것과 흡사합니다. 머릿속에 난삽하게 쌓여 있던 많은 책을 그 형이상학적 책장에 꽂아 정리하면서 새롭게 맥락과 의미를 깨칠 때의 짜릿함이란. 어떤 생각들은 내용만큼이나 놓인 위치도 중요하니까요. 다만 유럽인이 만든 책장이라 다소 유럽풍으로 짜여 있다는 점은 감안해야 합니다.

주제나 분량이 엄청난 만큼 출간에 얽힌 일화도 많습니다. 1권은 남경태 번역가가, 2권은 이광일 번역가가 옮겼는데, 남 번역가는 아예 몇 달 동안 들녘 출판사 4층으로 매일 출근하면서 밤늦게까지 일에 매달렸다고 하네요. 두 책의 색인을 만드는 데에만 보름이 걸렸다고 합니다. 담당 편집자는 '과연 이걸 누가 읽을까' 고민하면서 작업을 했다는데, 그런 걱정이 무색하게도 책은 출간 이후 잘 팔렸다고 합니다. '빅 히스토리'라는 말이 유행한 것은 조금 더 시간이 지나서였습니다.

027

『경제학자의 시대』

—

빈야민 애펠바움 지음 | 김진원 옮김 | 부키 | 2022[2019] | 752쪽

경제 전문 저널리스트인 빈야민 애펠바움이 쓴 『경제학자의 시대』는 1950년대 미국 뉴욕 연방준비은행의 풍경에서 시작합니다. 당시 연준 의장이었던 윌리엄 맥체스니 마틴은 경제학자가 아니었고, 경제학자를 얕잡아봤습니다. 경제학자들의 분석은 근거가 빈약하지만 쓸 만한 질문을 던질 때가 있기에 50명 고용했다는 식이었죠. 그렇게 뽑힌 경제학자들은 지하에서 인간 계산기처럼 일했습니다. 당시 연준 수뇌부에는 경제학자가 한 명도 없었어요!

그러나 이후 반세기 동안 경제학은 금융과 재정을 넘어, 모든 정부 정책에 영향력을 발휘하는 학문이 되었습니다.

기업을 규제해야 하나? 실업자 수는 어느 정도가 적당한가? 징병제냐, 모병제냐? 사람들은 경제학자들에게 답을 물었습니다. 사실 경제학의 영향은 그 이상이었습니다. 책 중간에 나오는 한 판사의 고백처럼 경제학은 "객관성을 제공"하는 듯 보였고, 많은 이가 그 '객관성'에 기반해 조직, 때로는 자기 삶의 중요한 결정을 내렸습니다. 그 결과 "점점 더 삶을 설명하는 틀이 종교도 아니고 법도 아니고 경제학이 되었"습니다. 경제학은 이제 인간 생명의 가치도 돈으로 환산해서 다른 가치들과 비교합니다.

물론 이 과정은 단선적이지 않았고, 주류 경제학자들이 "배금주의 만세!"를 외치며 똘똘 뭉쳤던 것도 아닙니다. 각자의 방식으로 양심을 지닌 학자들이 오랜 시간 격론을 벌였고, 인플레이션처럼 그들의 응답을 요구하는 현실적인 난제도 있었습니다. 애펠바움은 752쪽에 걸쳐 이들의 일화와 논쟁을 펼쳐 보입니다. 밀턴 프리드먼, 조지 스티글러, 앨런 그린스펀 등 스타 경제학자들과 로널드 레이건, 조지 W. 부시 등 미국 대통령들이 주요 등장인물입니다.

경제학의 현재 위상에 비판적인 책이지만 경제학의 공을 부정하지는 않습니다. 경제학적 사고방식은 적어도 밥상 전체의 크기를 키우는 데 성공했으며, 그 결과 비참한 가난이 세계 각국에서 많이 줄어들었습니다. 그러나 밥상 위에 놓인

밥그릇 크기는 극적으로 불평등해졌습니다. 저자는 책을 마무리하며 '새로운 지식 시장'을 세우자고 제안합니다. 과거의 경제학자들이 바로 그 일을 해냈던 거라고 말할 수도 있겠습니다.

028

『진화심리학』

—

데이비드 버스 지음 | 이충호 옮김 | 웅진지식하우스 | 2012[1999] | 736쪽

인간은 도대체 왜 이 모양일까요? 우리는 왜 이렇게 행동할까요? 신경과학자, 심리학자, 사회학자, 인류학자들이 그 질문에 답하기 위해 사람들을 만나 연구하고 분석합니다. 인간 존재가 복잡하기에 그 연구 결과들도 아직까지는 하나로 모이지 않고 혼란스럽습니다.

1990년대 들어서 아주 야심찬 '잡종 학문'(장대익 서울대 교수의 표현입니다)이 생겨났습니다. '새로운 과학'을 자처하는 이 분야의 연구자들은 자신들이 인간의 마음에 관한 연구를 통합해 과학혁명을 일으킬 거라고 주장합니다. 이들은 기존의 학문 경계가 잘못됐고 해롭다고까지 말합니다. 반면 자신들의

연구는 심리학의 여러 갈래뿐 아니라 생물학, 인류학 같은
다른 인접 학문까지 통합하는 틀이 될 거라고 우렁차게
선언해요. 듣기에 흥미진진한 만큼 반발도 많고 논쟁도
화끈합니다. 진화심리학 얘기입니다.

736쪽짜리 『진화심리학』은 미국과 유럽의 여러 대학에서
입문서로 널리 읽히는 책입니다. 저자 데이비드 버스는
진화심리학의 토대를 세운 인물이고요. 우리 시대 가장 뜨거운
학문이 어떻게 출발했고, 어떤 관점으로 인간을 바라보며, 어떤
답안을 준비하는지 알고 싶다면 제일 좋은 교과서일 겁니다.
다만 모든 교과서가 그렇듯, 자신들에 대한 비판을 많이
담지는 않았습니다.

전문 지식 없이, 순전히 '뭐라는 건지 궁금하다, 지적인
재미를 맛보고 싶다'는 마음만으로 책을 펼쳐든 교양
독자에게는 선물 같은 물건입니다. 전혀 어렵지 않거든요. 식사
자리에서 화제로 꺼내면 사람들 이목을 모을 흥미로운 연구
결과도 빼곡합니다. 저자의 입담은 다소 심심한 듯하지만 워낙
소재가 선정적이니 넘어가자고요. 절반 정도는 섹스와 살인,
그리고 권력 다툼 이야기입니다.

무엇보다 시선이 참으로 불경합니다. 인간이 왜 이
모양이냐고요? 그렇게 진화해서 그렇습니다. 이러저러한
폭력적, 성차별적, 기회주의적 본능이 그러저러한 경로로 수만

년에 걸쳐 우리 마음에 새겨졌습니다. 이 관점으로 주변을 둘러보면 세상이 달리 보입니다. '야, 말 된다, 그래서 이런 거였구나' 하는 시원함도 맛보지만 '차별과 범죄행위에 과학의 이름으로 면죄부를 주는 것 같네' 싶은 찜찜함도 따라옵니다.

"현상은 당위와 다르다"는 말은 충분한 항변이 될까요? 수컷은 원래 암컷보다 양육에 신경을 덜 쓰는 존재라는 진술 앞에 냉철한 분별력을 발휘할 사람이 많을까요, '그게 바로 불편한 진실'이라며 속으로 웃는 사람이 더 많을까요.

저는 당위를 중요하게 여기는 사람일수록 진화심리학을 공부해야 한다고 생각합니다. 부정한다고 사라질 움직임이 결코 아니니까요. 좀더 얇고 대중적인 책을 찾는다면 서은국 연세대 교수의『행복의 기원』을 추천합니다. 진화심리학의 관점에서 행복의 개념을 풀어 쓴 교양서입니다.

029

『사회심리학』

로버트 치알디니·더글러스 켄릭·스티븐 뉴버그 지음 ｜ 김아영 옮김 ｜
웅진지식하우스 ｜ 2020[2015] ｜ 828쪽

언제가 될지는 모르지만 인터넷과 소셜미디어가 한국
사회에 어떤 영향을 미쳤는지 다루는 논픽션을 쓰고 싶습니다.
지금은 막연하게 참고가 될 듯한 글들을 훑어보면서 이런저런
구상만 하는 단계입니다. 빅테크 기업의 힘이나 디지털 세대의
문화를 다루는 서적을 많이 읽었는데, 정작 지금까지 가장 큰
도움이 된 책은 두툼한 심리학 전공서였어요.

로버트 치알디니, 더글러스 켄릭, 스티븐 뉴버그, 이렇게
연구 경력을 합하면 130년이 된다는 심리학자 세 사람이 함께
집필한 『사회심리학』입니다. 대학 교재로 쓸 828쪽짜리 책을
앞에 두고 솔직히 주저하기는 했지요. 그런데 막상 책장을

펼치니 그건 기우였습니다. 매우 재미있게 잘 쓴 교양서이기도 하더라고요.

부분적으로는 저자들의 필력이 좋고, 힐러리 클린턴이나 프리다 칼로 같은 잘 알려진 인물, 엔론 사태 같은 유명한 사건을 사례로 적극 활용해서입니다. 프로파일링 보고서를 읽는 듯한 기분이 들기도 했거든요.

하지만 이 책이 흥미진진한 좀더 깊은 이유는, 사회심리학이라는 학문 자체가 재미있기 때문입니다. '인간과 사회에 관한 지상 최대의 이야기'라는 서문 제목은 허풍이 아닙니다. 이보다 더 스케일이 큰 인간 드라마가 또 있을까요. 읽다보니 인터넷의 기묘한 힘과 소셜미디어 속 괴이한 사건의 배경도 사회심리학으로 풀 수 있을 것 같았습니다.

책은 인간의 사회적 행동을 사람, 상황, 그리고 사람과 상황의 상호작용이라는 세 요소로 나누어 분석합니다. 인터넷과 소셜미디어는 오프라인과 다른 별난 상황이며, 사람들은 그 별난 상황과 별나게 상호작용합니다. 특이한 사람은 그런 공간에서 더 특이하게 굽니다. 인터넷에 대한 책은 아니지만, 저로서는 꽤 많은 수수께끼의 답을 발견하는 기분이었습니다.

신동해 웅진씽크빅 단행본사업본부장은 "새로운 분야의 가장 믿을 만한 콘텐츠는 교과서인데, 한국에서 교과서는 교재

형태로만 유통된다"며 "그 장벽을 편집과 디자인으로
넘어보려 했다"고 설명하시더군요. 이 출판사에서 펴낸
데이비드 버스의 『진화심리학』, 리처드 탈러의 『행동경제학』도
같은 기획 시리즈의 결과물이라고 합니다.

030

『한낮의 우울』

—

앤드루 솔로몬 지음 | 민승남 옮김 | 민음사 | 2021[2001] | 1028쪽

우울증은 흔하지만 이해하기 힘든 질병입니다. 흔하다는 이야기부터 할까요. 저는 우울증 에피소드를 어느 에세이에서 고백했는데, 직후에 지인들로부터 "나도 약 먹고 있어, 힘내" 하는 연락을 많이 받았어요. '아니, 이 사람도?' 하고 놀라기도 여러 번이었죠. 얼마 뒤 한국인의 우울증 유병률이 36.8퍼센트로 OECD 국가 중 1위라는 기사를 접했습니다.

이해하기 힘들다는 부분에 대해 이야기해볼게요. 제가 이 병에 왜 걸렸는지, 어떻게 넘어갔는지 저도 모르고 의사도 모릅니다. '그게 어떤 느낌이야? 오랫동안 낙담해 있는 것과 우울 장애는 뭐가 달라?'라는 질문에 정확히 답하는 것조차

어렵습니다. 속은 지옥인데 밖으로는 멀쩡해 뵈는 상황이
당사자에게도 난데없지요.

1028쪽에 이르는 분량에 우울증의 역사, 의학적 분석,
정치사회경제학적 접근, 과거와 현재의 치료법, 환자들의
투병기, 글쓴이의 경험을 담아내 이 분야의 고전이 된 책,
『한낮의 우울』을 읽으면 우울증을 이해하게 되느냐. 저자
앤드루 솔로몬조차 아니라고 합니다. '암흑의 핵심'은 여전히
깜깜합니다.

그러나 암흑 주변부에도 의미 있고 유용한 사실이 많습니다.
예를 들어 우울증이 결코 현대 선진국 중산층의 질병이
아니라는 것. 우울증은 오래전부터 다양한 문화권에서
나타났고, 그만큼 다양하게 편견 어린 시선을 받았습니다.
우울증과 맞서는 데에 자존심이나 허영심이 때로 사랑보다 더
도움이 된다는 지적 역시 의미 있고 유용합니다.

그럼에도 이 책은 '암흑의 핵심'에 있는 것을 언어로 최대한
붙잡고자 할 때 가장 빛을 발하는 것 같습니다. 목적의식이
없는 상태, 관점 자체가 없어지는 기분, 부식되어가는 자신에
대한 증오와 환멸, 그 상황이 영원히 끝나지 않을 것 같다는
절망감.

그리고 놀랍게도 암흑을 파헤치는 작업을 따라가다보면
반대편에 무엇이 있는지를 점점 더 깨닫게 됩니다. 그것은

고통이 없는 상태가 아닙니다. 우리는 "서툴지만 열정적인 저글링 곡예사"가 되어 "스트레스가 많고 매혹적인 삶"을 좇아야 합니다. 우울증에 관심이 없는 분께도 그런 이유로 이 책을 추천합니다.

031

『세계 철학사』

—

한스 요아힘 슈퇴리히 지음 | 박민수 옮김 | 자음과모음 | 2008[1952] | 1208쪽

자음과모음 출판사는 설립 이후 20년 동안 책을 3000종 이상 펴냈는데, 그중 가장 두꺼운 것이 지금 소개할 이 책, 한스 요아힘 슈퇴리히의 『세계 철학사』라고 하네요. 『세계 철학사』는 자음과모음에서 절판하지 않고 현재 판매 중인 단행본 가운데 가장 비싼 책이기도 합니다. 정가는 3만 9900원.

1208쪽이면 동서양 철학의 역사를 요약 정리하기에 넉넉한 분량일까요? 동양철학 부분이 충분치 않다는 지적은 할 수 있겠습니다. 중국철학 전체를 다룬 분량이 이마누엘 칸트 한 사람이 차지한 페이지 수에 못 미치니 말입니다. 그러나 내용이 헐겁다는 얘기는 못 합니다. 서양 저자이기 때문에

가능했을 색다른 관찰도 눈길을 끄는데요, 예컨대 모든
중국철학은 정치학 또는 사회철학이라는 진단이나,
정치사상가로서 맹자를 루소에 비유하는 대목 등이
그렇습니다.

　서양철학 부분에서도 그런 날카로운 평가와 비판이
재미있습니다. 많은 철학 입문서가 한 사조思潮의 한계를 논할
때 바로 다음 세대 철학자의 주장을 빌려오곤 합니다.『세계
철학사』는 그런 쉬운 접근 방식을 지양하고, 대상이 되는
학자의 시대 안에서 한 번, 그리고 독자가 있는 현대의
관점으로 다시 한 번 그 사상을 살핍니다.

　어떻게 보면 책의 구성 자체가 소크라테스의 산파술과 조금
닮았어요. 예를 들어 플라톤의 사상을 소개한 뒤 이렇게 묻는
식입니다. 플라톤은 도덕적인 양자택일에 몰두해 찬란했던
고대 그리스 문화와 예술을 무시했던 것 아닌가? 플라톤이
꿈꾼 '전능한 국가'는 전체주의의 시조 아닐까? 저자는 따로
설명하지 않으며, 독자가 답변을 궁리하는 동안 이 책은
'철학사 서적'에서 '철학 서적'이 됩니다.

　말미에 이르면 책의 질문은 철학과 철학사 자체를 향합니다.
지금 철학은 어떤 일을 할 수 있고, 무엇을 고민해야 할까요?
여태까지의 모든 윤리학은 인간 중심적이었던 것 아닐까요?
이제 우리에게는 동물이나 환경에 대한 책임도 있지

않을까요? 신경과학과 컴퓨터공학이 인간 의식이라는
수수께끼에 맹렬하게 달려드는 시대에, 논리학과 인식론의
몫은 뭘까요?

　어려운 주제들이 마술처럼 쉬운 언어에 실려 있습니다. 철학
박사이면서 출판 편집자로 오래 일한 저자의 이력 덕분인
듯해요. 본국인 독일에서는 60만 부가 팔린 스테디셀러이고,
20개국에서 번역했습니다. 한국에서도 누적 판매량이 2만
부가 넘는다고 하네요. 매끄러운 번역과 함께 만화풍의 친근한
일러스트가 그려진 한국어판 표지도 한몫하지 않았을까
짐작해봅니다.

032

『중세의 가을』

—

요한 하위징아 지음 ｜ 이종인 옮김 ｜ 연암서가 ｜ 2012[1919] ｜ 776쪽

요한 하위징아의 명저 『중세의 가을』을 흔히 이런 식으로 요약합니다. '중세는 암흑기가 아니었고, 르네상스의 씨앗이 이미 그 시대에 뿌려져 있었다'는 내용이라고.

글쎄요, 아주 틀린 말은 아니지만 제 생각엔 썩 제대로 된 요약도 아닙니다. 이 책은 르네상스의 기원을 찾아내려 애쓴다기보다는 그냥 14~15세기 프랑스와 네덜란드, 독일에서 살았던 사람들의 모습을 보여줍니다. 그들이 어떤 풍습을 지녔고 어떤 문화를 즐겼고 세상을 어떻게 생각했는지를. 시간여행을 다녀온 저자가 유려한 문체로 쓴 견문록 같다고나 할까요?

『중세의 가을』이 펼쳐 보이는 중세 후기는 결코 르네상스의 예고편이 아니지만, 그렇다고 어둠과 광기의 시대도 아닙니다. 성聖과 속俗은 달뜬 활기 속에 섞여 있었습니다. 성지순례는 데이트 여행이었고, 교회 안에서 매춘부가 호객 행위를 했습니다. 성 유물을 전시하는 건너편에서 알몸 공연이 벌어졌습니다.

중세인들은 자주 울었고, 쉽게 감동받았고, 잔인했고, 무절제했습니다. 죄수에게 가하는 고문은 최고의 구경거리였지만, 사형수의 마지막 참회에는 다 같이 눈물을 흘렸습니다. 방탕에 가까울 정도로 향락을 즐기는 동시에 종말론과 염세주의에 사로잡혀 있기도 했습니다.

현대인의 기준으로는 이런 모순이 몹시 낯설어 이해하기 어려운가요? 저는 그렇지 않았어요. 어렸을 때 익히 경험한 감정 상태였으니까요. 그런 순진한 정서가 한 사회를 지배하는 분위기가 될 수도 있는 것입니다. 어쩌면 눈물을 부끄러워하고 감정을 다스리고 관용을 미덕으로 받드는 현대가 중세보다 더 기괴한 시대인지도 모릅니다.

인간 사회가 참으로 다양한 모습일 수 있다는 발견은, 지금 우리 사회의 형태 역시 얼마든지 바꿀 수 있다는 깨달음으로 이어집니다. 후대 사람들은 21세기를 돌아보며 어떤 모순을 지적할까요. 그들의 눈에는 우리 시대 역시 다른 방향으로 잔인하고 탐욕스럽게 비치지 않을까요.

　『중세의 가을』은 국내 출판사 세 곳에서 각각 번역본을 냈는데, 연암서가의 776쪽짜리 책이 가장 두껍고 최신 번역입니다. 연암서가는 홈페이지도 없이 묵직한 인문교양서를 뚝심 있게 펴내는 출판사예요. 권오상 연암서가 대표는 "『중세의 가을』은 하위징아의 『호모 루덴스』와 핵심 주제가 겹치는 자매 같은 책"이라며 "2010년 『호모 루덴스』를 낼 때부터 『중세의 가을』 출간을 염두에 뒀다"고 말씀하시더라고요.

033

『현대의 탄생』

—

스콧 L. 몽고메리·대니얼 치롯 지음 ㅣ 박중서 옮김 ㅣ 책세상 ㅣ 2018[2015] ㅣ 732쪽

요즘 안토니오 그람시의 말을 자주 떠올리고 있어요. 낡은 것은 죽어가는데 새로운 것은 아직 태어나지 않았을 때가 위기이며, 그때 병적인 징후들이 다양하게 나타난다는, 『옥중수고』의 문장들이요. 지금이 그런 때 아닌가 생각합니다. 한국도, 세계도.

죽어가는 낡은 '것'은 무엇이고, 우리가 맞아야 할 새'것'은 어떤 모습일까요, 막연하게 상상만 합니다. 여기서 '것'은 단순히 법률이나 제도, 문화를 가리키는 말이 아닌 듯합니다. 어떤 사상, 최소한 치밀한 담론 정도는 돼야 할 듯싶습니다. 그런 고민을 하던 중 732쪽짜리 벽돌책『현대의 탄생』을

만났습니다.

결론부터 말하자면 대단히 흡족한 독서였습니다. 그 만족의
상당 부분은 명쾌함에서 왔어요. 박학다식한 두 저자, 스콧 L.
몽고메리와 대니얼 치롯은 현대가 네 가지 사상에서
비롯됐다고 주장합니다. 자본주의, 마르크스주의, 진화론,
그리고 현대 민주주의. 오늘날 세계 질서를 구성하는 심오한
신념 체계들입니다.

이 생각들은 모두 근대의 발명품으로, 탄생부터 지금까지
여러 학파를 낳았고 상충되는 해석이 있어왔습니다. 내적인
한계나 모순도 있었고 악용되기도 했고 때로 끔찍한 부작용도
일으켰습니다. 저자들은 1부에서 애덤 스미스, 카를 마르크스
등 사상의 창시자들을 중심으로 그들의 삶과 야심, 본래의
텍스트, 이후의 영향과 비판점을 살핍니다.

이 사상들은 이제 '낡은 것'일까요? 책의 2부는 이런
계몽주의적 자유주의 기획에 반발했거나 현재 충돌 중인 반동
사상들을 다룹니다. 파시즘, 내셔널리즘, 근본주의 종교
등입니다. 그런데 그 뿌리와 철학적 근거들을 살필수록 이들
반계몽주의 사상이 '새것'이 될 수 없음은 명확해집니다.

결론에서 저자들은 인문학이 왜 중요한지를 강조하는데,
여태껏 수없이 들어온 같은 내용의 주장 가운데 가장 설득력
있었습니다. 우리에게 엄청난 위력을 발휘하는 사상들의

근거와 배경을 공부해야 그걸 비판적으로 받아들일 수 있고,
세계의 많은 부분을 비로소 제대로 이해하게 됩니다. 두
저자는 종종 이성을 악의 원천쯤으로 여기고 계몽주의를
거부하려는 듯 보이는 최근 인문학의 경향에 대해서도 짧지만
쓰게 한 소리 합니다. 시원하더군요.

『과학을 만든 사람들』

—

존 그리빈 지음 | 권루시안 옮김 | 진선북스 | 2021[2002] | 976쪽

언론계와 문학계 양쪽에서 시간을 보내며 깨달은 건데요. 튀고 싶어하는 이들일수록 자세와 분위기만 도발적이고, 정작 하는 말의 내용은 대부분 의미 없고 따분하더라고요. 그조차 남들 얘기를 이것저것 짜깁기합니다. 사람도 책도 그런 부류가 넘쳐나는 시대인 것 같습니다.

벽돌책을 읽어서 좋은 점 하나는 그런 치들을 거를 수 있다는 것입니다. 일단 제작비가 많이 드니까 출판사들이 원고를 신중하게 고르죠. 그리고 대체로 긴 글은 깊은 사유 없이 쓰기 어렵습니다.

976쪽짜리 존 그리빈의 과학사 서적『과학을 만든

사람들』은 사람으로 치면 묵직하면서도 논쟁적인 주제를
차분하고 점잖게 설명하는 신사입니다. 이 책의 논쟁적인
면모는 크게 두 가지예요. 하나는 과학사를 다룬다면서
르네상스 이후 서양 과학사가 아닌 영역, 예컨대 고대
그리스나 동양의 업적은 거의 언급도 하지 않는다는 것입니다.
다른 하나는 토머스 쿤이 주창한 과학혁명 개념을 '과학의
막장에서 전혀 일해본 적 없는 사회학자들이 좋아하는
신화'라며 부정한다는 것입니다. 책은 시종일관 이런 견지를
보이는데, 과학에서 '혁명'이라는 단어를 써도 되는 사건은
오로지 양자혁명뿐이라고 주장합니다.

이 두 관점은 기실 같은 뿌리에서 나왔습니다. 과학은 연구
결과가 쌓여 단계적으로 발전하는 공동 작업이라는
생각입니다. 책이 인정하는 예외적 천재는 아이작 뉴턴이지만,
동시에 뉴턴이 없었다 하더라도 그가 한 일을 몇십 년 뒤에
누군가 해냈을 거라는 게 저자의 견해입니다.

영웅도 혁명도 없다고 주장하지만 그럼에도 불구하고 이
책은 흥미진진한 '사람들 이야기'이기도 합니다. 그 자신
천체물리학자인 그리빈은 자연의 수수께끼를 풀지 못해
좌절하면서 동시에 돈과 안전과 명예를 추구하고, 누구보다
인정에 목마른 과학자들의 초상을 세심히 그립니다.

데카르트는 과학계에 심오한 영향을 남겼지만 진공을

인정하지 않는 바람에 18세기 초까지 후학들을 헷갈리게
했습니다. 퀴리 부인은 훌륭한 과학자였지만 그녀가 받은
노벨상 두 개는 사실 같은 연구에 대한 중복 수상이었습니다.
멘델과 다윈은 그저 운이 좋았던 아마추어가 결코 아닙니다.
로버트 훅과 로절린드 프랭클린은 경쟁자를 잘못 둔 덕에
지금까지 부당한 대우를 받고 있습니다.

앞서 말한 논쟁적 관점에 주의를 기울이며 읽는다면 풍성한
선물 꾸러미 같은 교양 도서입니다. 종교재판관의 눈치를
살피며 진행해야 했던 과학 실험들이 젠틀맨 계급의
호사스러운 취미가 되는 과정, 천문학, 물리학, 지질학, 생물학
같은 분야가 서로 주고받은 영향도 흥미롭습니다.

035

『인간 본성의 법칙』

—

로버트 그린 지음 | 이지연 옮김 | 위즈덤하우스 | 2019[2018] | 920쪽

독서가 중에는 자기계발서를 싫어하는 정도를 넘어, 혐오하거나 경멸해야 마땅하다고 믿는 이들이 더러 계시죠. 저는 아닙니다.

자기계발서 중에는 분명히 함량 미달인 물건이 많지요. 하지만 그와 별도로 학교에서 가르쳐주지 않는 세상살이의 지혜가 어마어마하게 많고, 그걸 책으로 엮는 일이 필요하다고 생각합니다. 과거에는 집안이나 마을의 어른들이 그런 지혜를 가르쳤습니다.

로버트 그린의 920쪽짜리 책『인간 본성의 법칙』은 어느 서점에서는 인문학 이론서로, 다른 서점에서는 교양심리

서적으로 분류돼 있습니다. 제 생각에는 데일 카네기의
『인간관계론』을 잇는 좋은 인간관계 분야 자기계발서이고,
실제로 어떤 서점에서는 해당 코너에 있습니다.

　『인간관계론』처럼 『인간 본성의 법칙』도 풍부한 사례를
통해 인간 심리의 비밀스럽고 어두운 구석을 일상의 언어로
풀어나갑니다. 타인의 행동에 대처하는 법과 자기 마음의
함정에 빠지지 않는 요령도 조언합니다. 이것을 처세술이라고
깎아내려야 할까요? 오히려 자식이 있다면 꼭 알려주고 싶은,
교과서에 없는 산지식이라고 봅니다.

　특히 『인간 본성의 법칙』은 80여 년 전에 나온
『인간관계론』에 비해 현대 사회생활에 더 다급하게 필요해진
지혜를 제시한다는 면에서 탁월합니다. 그런 문제가 많이
생겼습니다. 한 가지 예를 들어볼게요. 수천수만 명과 연결되는
소셜미디어 환경에서 타인의 영향으로부터 독립성을
유지하려면 어떻게 해야 할까요?

　저자는 중국 문화혁명기의 끔찍한 사건을 생생하게
묘사하고, 집단 속에서 우리가 맞닥뜨리는 유혹들을
열거합니다. 녹아들고 싶은 욕구, 감정의 전염, 과잉 확신, 집단
문화에 대한 순종 같은 것들입니다. 리더, 모사꾼, 말썽꾼,
광대처럼 집단에서 개인들에게 부여하는 역할을 설명하기도
합니다.

출간한 지 1년도 안 된 책이 5만 부가 넘게 팔리자
출판사에서는 두 권으로 나눈 블랙 에디션을 내놓았습니다.
벽돌을 쪼갠 셈이네요. 두꺼운 분량이 부담스러운 독자, 특히
젊은 분들께는 13장章만이라도 읽어보라고 추천하고
싶습니다. 평생 직업이라는 개념이 사라진 시대에 헌신할 수
있는 일을 발견하는 방법을 다룬 챕터입니다.

4장

지적 지구력이라는 '정신의 기초 체력'

지적 지구력이 있어야
복잡한 사유를 견딜 수 있고,
그래야 자기 자신과 주변 상황을
높은 해상도로 이해할 수 있습니다.
보상을 바로 주지 않고 며칠 혹은
몇 주 뒤에 주는 매체를 가까이하세요.
도발적이거나 불편한 주장을 펼치는 벽돌책을 읽으며
속으로 저자와 긴 논쟁을 벌여보세요.

21세기 들어 자유민주주의 사회에서 공론장이 왜, 그리고 어떻게 무너졌는가에 대해 관심이 많습니다. 당장은 아니고 언젠가 책으로 써보고 싶은 주제입니다. 공론장이 무너지는 데에는 인터넷과 소셜미디어가 상당한 역할을 한 것 같은데 그 메커니즘을 포착하고 싶습니다. 3장에서 『사회심리학』을 소개하면서도 잠깐 말씀드렸었죠.

아직은 생각이 정리되지 않았고, 이런저런 단상만 드네요. 그런데 잠시 뒤에 말씀드리겠지만, 그런 상태도 나쁘지 않다고 저는 생각합니다.

'고드윈의 법칙'이라는 용어를 들어보신 적 있나요? 미국의 변호사이자 작가인 마이크 고드윈이 만들어냈다고 하는 법칙 아닌 법칙입니다. 온라인 논쟁이 길어지면 상대를 '나치'라고 부를 가능성이 점점 높아진다는 내용이에요. 한국의 온라인 환경에서는 '나치' 대신 '친일파' '빨갱이' '여혐' '일베' '1찍' '2찍' 같은 단어가 나올 수도 있겠군요. 요점은 긴 대화가 오가더라도 건설적인 결론이 나기는커녕 상대를 악마화하는 감정 싸움으로 끝나는 모습이 현재 온라인 세상의 풍경이라는 겁니다. 한국이나 미국이나.

게다가 논쟁이 벌어지고 나서 '나치'나 '1찍' 같은 단어가 나오는 시간이 점점 더 짧아지는 것 같더군요. 이런 수준이던데요. 너 나랑 의견 달라? 그러면 넌 1찍이야.

관련해서 제가 재미있게, 아니 서글프게 관찰한 현상이 하나 있습니다. 다양한 의견이 중요하다고 말씀하시는 분들조차, 아니 때로는 그런 분들이 오히려 더 타인의 의견을 귀 기울여 듣지 못하고 상대를 과격하게 악마화하더라는 겁니다. 이 역시 한국에서나 미국에서나 마찬가지로 벌어지는 현상 같습니다. 'Z세대에게는 다양성이 가장 중요하다, 의견의 다양성만 빼고'라며 놀리는 영문 밈도 봤습니다.

—

인터넷의 법칙으로 알려져 있지만 사실 고드윈이 고드윈의 법칙을 만든 것은 인터넷이 보급되기 전, 유즈넷 시절이라고 하더군요. 온라인 공간이 만들어지자마자 나타났고, 이후로도 수십 년 동안 여러 나라의 인터넷 이용자들이 옳다며 고개를 끄덕일 정도로 광범위하게 퍼진 현상입니다. 아무래도 온라인 공간 자체에 사람들의 지적 지구력을 떨어뜨리는 특성이 있는 듯합니다.

온라인 공간에서는 의사소통 속도가 빠르다보니 상대의 주장을 찬찬히 훑고 곱씹어볼 시간 여유가 없다는 점이 한 가지 원인일 것 같습니다. 온라인 공간에는 기본적으로 '개소리'가 많다는 인식 때문에 상대의 주장을 끝까지 귀 기울여 듣겠다는 의지 자체가 약해지기도 하고요.

온라인 공간에서는 주의력이나 집중력을 유지하기도
어렵습니다. 지금 대화 중인 주제와 완전히 무관하지만 굉장히
재미있어 보이는 콘텐츠로 갈 수 있는 링크가 거의 언제나 화면
안에 여러 개 배치되어 있습니다. 우리는 무의식중에 그 링크의
잠재적 재미 정도를 평가합니다. 설령 그런 링크가 눈에 띄지
않더라도 손에 들고 있는 기기로 여러 다른 자극적인 활동을 할
수 있다는 걸 이용자는 알고 있습니다.

많은 사람이 논쟁을 지켜보고 있다는 생각 때문에 빨리
응답하지 않으면 패배한 것처럼 보일 거라는 조급한 마음이
들지요. 논쟁의 결과가 자신의 평판에 영향을 미칠 거라 생각하면
상대에 대한 적개심도 더 커지고요. 실물이 보이지 않고 표정을
읽을 수 없으니 상대가 진짜 사람처럼 느껴지지 않고 더 함부로
대하게 됩니다. 자기 의견에 흔쾌히 동의하는 기색이 없으면
상대를 못난이나 악당으로 간편하게 간주하고 싶어집니다.

논쟁을 지켜보는 대중의 지적 수준은 천차만별이며, 역시
집중력과 주의력이 약합니다. 그러다보니 온라인 논쟁을 할
때는 정교한 논증보다는 극단적으로 단순화한 내용에 조롱조의
날카로운 한 문장을 담는 게 훨씬 더 중요합니다. '언제든
검색하면 찾을 수 있다'는 생각 때문에 자기주장에 과도한
자신감을 품고 근거를 생략하는 사람도 많습니다.

—

　사람들이 온라인 공간에서 보내는 시간이 길어지면서 지적
지구력을 잃는 것은 사회적으로도 손실이지만, 당사자
개인에게도 큰 비극입니다.

　지적 지구력이 떨어지는 사람은 복잡한 사유를 견디지
못합니다. 모호한 문제, 불확실한 문제 앞에서 그는 얼른 단순한
설명을 찾으려고 하죠. 그러다보니 성급하게 감정적으로
판단을 내리거나 다른 사람의 결론을 그대로 따릅니다.
인플루언서의 말에 휩쓸리고, 대세를 추종하게 됩니다. 자기
삶의 중요한 결정을 자기 이성으로 내리지 못하는 거죠.

　지적 지구력이 떨어지는 사람은 자기 삶을 잘 설명하지
못합니다. 거시적인 시대 변화에서부터 주변 사람들의
조언이나 그 순간의 분위기 같은 작은 요인까지 자신의 선택에
영향을 준 사건들의 복잡한 상호작용과 배경을 이해하지
못하기 때문입니다. 그는 "어쩌다 이렇게 됐는지 모르겠다"
"그냥 이렇게 흘러왔다"는 말을 자주 하고, 실제로도 그렇게
생각합니다.

　그는 어떤 판단이 한참 시간이 흐른 뒤에 보상이나
불이익으로 돌아올 수 있고, 작은 습관이나 경력이 쌓이면
커다란 인프라가 된다는 사실을 체감하지 못합니다. 그렇기에

그의 삶은 즉각적인 만족과 단기적인 반응으로 채워지기
쉽습니다. 일에서도, 인간관계에서도요. 자신이 얻지 못한
보상을 얻은 사람, 자신이 쌓지 못한 인프라를 쌓은 주변
사람들을 그는 질시하며, 세상이 불공평하다고 여깁니다.
그러면서 감정적 반응을 유도하는 엉성한 음모론에 빠지는
악순환이 반복됩니다.

지적 지구력이 떨어지는 사람은 이렇듯 좋은 삶을 설계하는
능력이 현저히 모자랍니다. 그는 자신에게 불리한 선택을
거듭하고, 늘 모호한 불만에 휩싸여 있으며, 타인의 그럴듯한
꾐에 착취당하기 쉽습니다.

저는 지적 지구력이 현대 사회를 살아가기 위한 일종의
'기초 정신력'이라고 봅니다. 지적 지구력이 있어야 복잡한
사유를 견딜 수 있고, 그래야 자기 자신과 주변 상황을 높은
해상도로 이해할 수 있습니다.

불행히도 디지털 미디어들은 지적 지구력 훈련과는 거리가
멉니다. 링크나 버튼이 없는 매체, 감정적으로 받아들이기
어려운 주장이 나오더라도 참고 넘어갈 수밖에 없는 매체,
보상을 바로 주지 않고 며칠 혹은 몇 주 뒤에 주는 매체를
가까이하세요. 도발적이거나 불편한 주장을 펼치는 벽돌책을
읽으며 속으로 저자와 긴 논쟁을 벌여보세요. 판단을 보류하고
의심을 품은 채 상대의 말을 경청하는 훈련을 해보세요.

도발적이거나 논쟁적이거나
불편한 벽돌책들

인터넷 게시판이나 소셜미디어에서 논쟁이 벌어지면 남의 말을 끝까지 듣는 사람을 찾아보기가 힘듭니다. 상대의 말을 앞부분만 읽고 멋대로 해석하거나, 지엽적인 꼬투리를 잡는 사람이 너무 많습니다. 그런 재주에 능한 싸움꾼들이 '논쟁'에서 승리해 명성을 얻는 것 같더군요.

하지만 벽돌책을 읽는 독자는 저자가 논리를 전개하는 동안 꾹 참고 들어야 합니다. 지적 지구력을 훈련하는 일은 지적 예의를 배우는 일이기도 합니다. 독자는 저자가 왜 그런 전제를 세웠는지, 왜 이 증거를 선택했는지를 수백 페이지에 걸쳐 경청한 뒤에야 온전한 반론을 제기할 자격을 얻습니다.

얇은 책을 읽거나 발췌독을 할 때는 경험하지 못하는
일이지요.

도발적이거나 논쟁적이거나 불편한 주장을 펼치는 벽돌책
열여섯 권을 소개합니다. 제가 진심으로 지지하는 책도 있고,
논리의 기발함이나 장대함에 감탄하면서도 결론에는 동의하지
못하는 책도 있습니다. 찬성해야 할지 반대해야 할지 모르는
채로 몇 년째 저자의 주장을 곱씹고 있는 책도 있습니다.
머릿속으로 반론을 준비하면서 저자의 논리를 따라가는
희귀한 경험을 해보시기를요.

036

『특이점이 온다』

—

레이 커즈와일 지음 | 김명남·장시형 옮김 | 김영사 | 2025[2005] | 852쪽

이세돌 9단과 알파고의 대국 이후 '특이점'이라는 단어는 한국에서 작은 인터넷 유행어가 됐습니다. '특이점이 온 듯' '특이점이 온 누구누구' 등의 댓글을 종종 봅니다. 대강의 뜻은 긍정적인 방향의 '미쳤다 미쳤어' 정도인 듯하네요.

대국 9년 전, 레이 커즈와일의 『특이점이 온다』가 국내에서 번역될 때와 비교해보면 격세지감입니다. 당시만 해도 생소했던 기술적 특이점이라는 개념을 한 줄로 설명하기 위해 출판사는 고심을 거듭했거든요. 한국어판 부제인 '기술이 인간을 초월하는 순간'은 그야말로 절묘한 설명인데, 당시 담당 편집자였던 조성웅 현 유유출판사 대표가 아이디어를

냈습니다. 저는 이 부제가 원서 부제인 '인간이 생물학을
초월할 때When Humans Transcend Biology'보다 나아 보이네요.

그런 부연 설명 자체가 필요 없을 지금도 이 852쪽짜리 책을
읽어야 할까요? 그렇다는 게 제 생각입니다. 특이점이라는
개념은 이제 익숙하더라도, 특이점을 둘러싼 논의는 그렇지
않습니다. 그리고 그 논의에서 가장 극단적인 주장이 이
책에서 상세히 펼쳐집니다.

커즈와일의 태도는 지나치게 낙관적이어서 도리어
심란합니다. 이런 식이죠. '노화와 죽음은 나쁜 거잖아. 기술로
정복해야지. 일단 나는 영양제를 매일 250알씩 먹고 있어.
종교가 죽음을 신성시하는 거야 여태까지 다른 방법이
없었으니까 그랬던 거고. 인공지능이 인간을 지배할 거라고?
우리가 인공지능과 결합해서 포스트휴먼이 되면 되잖아.'

인류가 수백 년 안에 광속을 넘어설 거라거나 우주가 우리의
지능으로 가득 차게 될 거라는 등의 의견은 여전히 제 상상
밖입니다. 그러나 신경계 안에서 가상현실을 만드는
기술이라든가, 반대로 나노봇이 이미지와 음파를 조절해 현실
세계 자체를 가상현실처럼 바꾸리라는 예상이나, '경험파
송신'을 통해 타인의 삶을 문자 그대로 체험할 수 있으리라는
가능성은 그럴싸합니다.

읽다보면 '특이점 논의'에 저절로 참여하게 됩니다. 저자는

기다렸다는 듯 '비판에 대한 반론'이라는 장까지 준비했어요. 그 반론이 기술지상주의의 한계에 갇혀 있기에 책장을 덮은 뒤에도 비판적 독서는 이어집니다.

무라카미 하루키의 청춘 3부작에 나오는 등장인물 '쥐'는 초월적인 존재인 '양'과 결합해 세계를 바꿀 기회를 거부하고 파멸을 택하죠. 쥐는 그에 대해 '여름 햇살, 바람 냄새, 매미 소리, 너와 마시는 맥주와 같은 나약한 것들이 무작정 좋아서'라고 설명합니다.

인간과 결합하려는 인공지능은 이에 대해 뭐라고 말할까요. 살아서 그 답을 듣고 싶기도 하고, 가능하면 그 순간을 미루고 싶기도 합니다. 여러분은 어떠신가요.

037

『루시퍼 이펙트』

—

필립 짐바르도 지음 | 이충호·임지원 옮김 | 웅진지식하우스 | 2007[2007] | 734쪽

1971년 미국 스탠퍼드대학에서 한 심리학자가 학교 건물 지하실을 빌려 실험을 벌입니다. 가짜 교도소를 만들고 남학생들이 각각 교도관과 죄수 역할을 맡아 2주간 생활하는 실험이었어요. 교도소 환경이 사람에게 어떤 영향을 미치는지 알아본다는 의도였습니다.

그러나 실험은 채 일주일을 넘기지 못합니다. '교도관'들이 가혹 행위를 벌였고, '죄수'들의 심리 상태가 위험한 지경으로 몰렸기 때문입니다. 유명한 '스탠퍼드 감옥 실험'입니다. 『루시퍼 이펙트』는 실험을 기획한 필립 짐바르도 교수가 당시 상황을 세세히 서술한 책입니다.

얼마 전 이 실험에 대한 조작 논란이 일었습니다. 실험
운영진이 교도관 역할 학생들의 잔악한 행동을 유도했다거나
정신착란을 보인 학생이 실은 제정신이었다는 등의 비판이
제기됐죠.

그런데 심리학 실험으로서는 애초부터 결격이었고,
연구진의 과한 개입이나 특정 학생의 연기 가능성은 책에 다
나오는 내용입니다. 연구 보고서가 아니라 당시 상황을 기록한
르포문학으로 받아들인다면 조작 논란은 이 책을 읽는 데 전혀
문제 되지 않는다는 얘기입니다. 실험 참가자들이 부끄러운
체험을 40년이 지난 지금 얼마나 정직하게 말하는 건지도
의문이고요.

르포르타주로서 이 책은 보통 사람들이 주어진 역할에
얼마나 끔찍하도록 충실해지는지, 가해자건 피해자건 그런
허구 앞에서 얼마나 금방 무너지는지 생생히 보여줍니다.
연구진이 교도관역 학생들을 부추겼다고 해도 충격과
불쾌감은 그대로입니다. 연구진 역시 '교도행정 관리'라는
역할에 몰입한 것처럼 보일 뿐입니다.

학생들을 찾아온 가족들마저 '수감자 면회'라는 상황에
지독히 충실했습니다. 모든 것이 미쳐 돌아갈 때 이 역할극의
부도덕성을 지적하며 당장 걷어치우라고 목소리를 높인 이는
단 한 사람뿐이었습니다. 얼마나 무섭고 우스꽝스러운가요.

그러고 보면 우리를 둘러싼 허구는 참으로 많습니다.
장남이라든가 신참이라든가 졸업반이라든가 하는 사회적
위치, 성性에 얽힌 고정관념, 조직의 명예, 더 큰 진보, 민족
중흥의 사명……. 그런 것들이 때로는 눈앞에 살아 있는
인간의 고통을 가리고 우리가 '루시퍼'가 되도록 만드는 건
아닐까요.

『루시퍼 이펙트』는 미국에서 출간된 지 8개월 만에
한국에도 소개됐고, 나오자마자 인문 분야 베스트셀러가
됐습니다. 734쪽짜리 책이지만 워낙 속도감 있게 읽혀서,
잡으면 금방 끝을 보게 됩니다.

038

『안티프래질』

—

나심 니콜라스 탈레브 지음 ｜ 안세민 옮김 ｜ 와이즈베리 ｜ 2013[2012] ｜ 756쪽

나심 니콜라스 탈레브의 『안티프래질』을 읽는 동안 20년 전 읽었던 제러미 리프킨의 『엔트로피』를 여러 번 떠올렸습니다. 제게는 두 책이 비슷한 느낌으로 다가왔어요.

두 책 다 세상을 보는 관점의 전환을 촉구합니다. 그리고 그 새로운 시각에 따라 삶의 자세에서부터 기업 조직, 사회 제도, 우리 문명 전반에 이르기까지 근본부터 변해야 한다고 주장해요. 그래서 이 책들을 어느 분야로 분류해야 할지도 애매합니다. 사회과학서인지, 자기계발서인지, 아니면 사상서일지.

쉽게 수긍할 수 있는 상식에서 출발해 역설적인 결론에

이른다는 점도 두 책의 공통점입니다. 두 책이 어렵다고 하는 반응은 실제 내용이 난해해서가 아니라 그 결론에 대한 거부감 때문 아닐까 생각합니다. 자기 이론에 대한 두 저자의 강한 확신이나, 간혹 미심쩍어 보이는 비약도 두 책에 모두 들어 있네요.

차이점도 있습니다. 물리학 용어를 빌려 쓴 리프킨과 달리 탈레브는 안티프래질이라는 신조어를 창안했고, 어마어마한 투자 이익으로 자기 이론을 '입증'했습니다. 그리고 『안티프래질』은 페이지 수가 『엔트로피』의 배가 넘습니다.

그 756쪽의 주장을 거칠게 요약해보면 이렇습니다. 생명, 경제, 정치, 자연은 모두 유기체이며 복잡계입니다. 복잡계에서는 누구도 예측할 수 없는 파국이 반드시 일어납니다. 균형과 항상성을 아무리 추구해도 붕괴는 기어코 찾아옵니다. 스스로 튼튼하다고, 충격에 철저히 대비했다고 믿을수록 더 파괴적으로 무너집니다.

탈레브에 따르면 질서와 안정에 대한 추구 자체가 잘못된 것입니다. 보호벽을 쌓아 올리고 예측 가능한 세상이라는 환상에 빠질 게 아닙니다. 혼돈, 모험, 손실, 고통을 받아들이고 거기서 이익을 거두는 형태로 시스템을 바꿔야 합니다. 그 시스템은 강건함을 추구하지 않습니다. 끝없이 부서지면서(프래질) 강건함을 뛰어넘습니다.

복잡계인 금융시장에 대처하는 방법을 생각해봅시다. 전 재산을 중간 정도 리스크의 상품에 투자하면 언젠가 시장이 붕괴할 때 반드시 망합니다. 평소 이익이 대단할 리도 없지요. 탈레브는 90퍼센트는 안전하게, 10퍼센트는 아주 공격적으로 투자하는 편이 낫다고 조언합니다. 그 10퍼센트의 손실은 겁내지 말라고 하네요. 경제 정책도 마찬가지라고 합니다. 중산층에 초점을 두지 말라고요. 약자는 보호하되 기업에 자유를 주고 망할 기업은 망하게 하라, 성공을 원한다면 실패를 사랑하라, 명성을 바란다면 비난을 환영하라…….

세계적으로 주목받은 전작『블랙 스완』의 후속작이라 국내 출판사들이 이 책의 판권을 놓고 치열한 경쟁을 벌였다고 합니다. '예측 불가능한 초대형 사건'(블랙 스완)에 대한 저자의 해법이 이 책인 셈입니다. 탈레브는 "『안티프래질』이 중심이고, 『블랙 스완』은 보조 도서"라고 자평했습니다.

039

『빈 서판』

—

스티븐 핑커 지음 | 김한영 옮김 | 사이언스북스 | 2004(2002) | 944쪽

사이언스북스 노의성 주간에게 들은 이야기에 제가 살짝 과장을 보태 전할게요. 이 출판사에서 나온 스티븐 핑커의 『빈 서판』이 이후 한국 출판계에 불어온 '벽돌책 유행'의 선구자요, 개척자라고 합니다.

『빈 서판』은 944쪽에 이르는데 2004년에 출간됐습니다. 이때만 해도 이 정도 분량이면 상·하권으로 나눠서 내는 게 한국 출판계의 상식이었다고 하네요. 노의성 주간은 "분권을 해야 더 비싸게 팔 수 있는데, 쪼갤 수가 없는 책이었다"며 웃었습니다. 거듭 고민해도 독자가 한 흐름으로 읽을 수 있도록 편집하는 게 옳다는 결론이었다고요.

『빈 서판』을 읽은 사람이라면 고개를 끄덕이게 되는 설명입니다. 논지를 빈틈없이 이어가는 저자의 스타일 때문이기도 하지만, 도발의 열기로 가득한 책이라서 그렇기도 합니다. 얼음 아래서 활활 타는 한 덩어리 불길 같은 느낌이랄까요.

간혹 이 책을 '인간의 행동은 유전과 환경 양쪽으로부터 모두 영향을 받는다는 내용'이라고 소개하는 글을 봅니다. 글쎄요? 이 책, 그렇게 얌전하지 않습니다. 그보다는 '유전이 진짜 중요하다니까! 제발 아닌 척하지 말자!'가 더 제대로 된 요약입니다. 몇몇 대목에서 스티븐 핑커는 거의 울분에 찬 것처럼 보일 정도예요.

그 '아닌 척'들의 목록에는 이런 것도 있습니다. 폭력과 범죄는 모두 잘못된 교육과 환경에서 비롯된다는 믿음, 남녀 차이는 생물학적 특성과는 아무런 관련이 없고 오로지 사회적으로 형성된다는 주장, 정치적으로 올바른 언어를 써야 한다는 강박……. 어떤가요? 꽤나 위험한 책 아닌가요. 핑커는 이런 '아닌 척'들이 얼마나 비과학적인지 폭로하고, 우리가 선천성이라는 개념을 왜 두려워하는지 분석하는 한편, 그런 선천성을 인정하면서도 계속 추구해야 할 가치와 그 방법에 대해 논합니다.

심리학과 인지과학의 세계적 권위자가 매우 유려하게

펼치는 주장이기에, 어떤 의미에서는 곱절로 위험하다
하겠습니다. 일반 교양 독자들은 더 정신 바짝 차리고 읽어야
할 물건이 아닐까 싶습니다. 예를 들어 핑커의 비판 대상에는
엘리트 예술이나 포스트모더니즘도 있는데, 진화심리학의
관점에서 현대 예술을 살피는 대목이 무척 흥미롭고 때로는
통렬하기도 합니다. 그러나 '예술은 인간에게 즐거움을 주기
위한 것'이라는 등의 전제에 전적으로 동의하기는 어렵습니다.
　『빈 서판』은 출판사의 걱정과는 달리 국내 출간 석 달 만에
5000부가 팔리며 호응을 얻었다고 합니다. 이후
사이언스북스는 핑커의 두툼한 책들을 분권 없이 벽돌책으로
소개하고 있습니다. 2014년에 나온『우리 본성의 선한 천사』
한국어판은 1400쪽이 넘어가고, 2021년에 나온 핑커의『지금
다시 계몽』도 864쪽이네요. 이렇게 길고 묵직한 책들을 어떻게
그리도 꾸준히 써내는지 신기합니다.

040

『권력과 진보』

—

대런 아세모글루·사이먼 존슨 지음 ┃ 김승진 옮김 ┃ 생각의힘 ┃ 2023[2023] ┃ 736쪽

기술이 발전하면 사람들의 삶이 정말 나아지는 걸까요? 몇 년 전부터 진지하게 고민하는 주제입니다. 저는 페니실린에는 감사하지만 인스타그램에 대해서는 별로 그렇지 않습니다. 그런 문제의식을 담아 『당신이 보고 싶어하는 세상』이라는 제목의 SF 소설집을 내면서 작가의 말에서 간단한 삼단논법으로, 딴에는 과감한 주장을 펼쳤어요. '기술이 우리 삶에 미치는 영향이 점점 커지고 있다. 나는 좋은 삶을 살고 싶다. 그러므로 우리는 기술을 통제해야 한다.'

앞으로도 같은 문제의식으로 SF와 논픽션을 더 쓰려 하는데, 그때마다 대런 아세모글루와 사이먼 존슨의 『권력과 진보』를

자주 펼치게 될 것 같습니다. 기술과 번영의 관계를 깊이 성찰한 이 736쪽짜리 책의 첫째 장 제목이 '테크놀로지에 대한 통제'입니다. 두 MIT 경제학자도 당연히 페니실린에 반대하지는 않습니다. 그러나 과학자들에게 연구비를 주면 좋은 약들이 저절로 나온다는 식의 안이한 내러티브를 믿으면 안 된다고 지적합니다. 에이즈에 대한 인식이 나빴을 때는 에이즈 치료제 개발에 대한 투자도 미미했습니다. 에이즈에 대한 인식 개선 운동이 벌어지고, 정치인과 의료 정책 담당자들의 생각이 바뀐 다음에야 비로소 투자가 이뤄졌습니다.

즉, 기술은 정해진 경로를 따라 발전하는 게 아니며, 외부 압력이 기술 발전의 방향을 정한다는 것입니다. 기술의 발전 방향은 공공선을 향할 수도 있고, 그 기술을 개발하거나 소유한 특정 계층의 이익을 향할 수도 있습니다. 산업혁명 초기의 생산성 향상은 공장 노동자들의 삶의 질 개선이 아니라 몇몇 공장주의 수익을 증대하는 데 초점이 맞춰져 있었습니다. 책은 그 외에도 다양한 사례를 소개해요.

따라서 기술 발전 방향을 둘러싸고 의제를 설정하며 사람들의 인식에 영향을 미치는 힘이 중요한데, 저자들은 이를 '설득 권력'이라고 칭합니다. 불행히도 오늘날 기업계와 '테크 지배층'이라 불러야 할 소수가 이 설득 권력을 쥐고 있다는 게 저자들의 진단입니다. 테크 업계의 억만장자들은 기술 진보가 현재의 여러 위기를 다 해결해줄 거라는 비전을 당당하게 내세웁니다. 하지만 실제 그들이 개발하는 기술은 자동화, 감시, 데이터 수집, 광고 쪽으로 치우쳐 있습니다. 특히 인공지능을 비롯한 몇몇 첨단 기술은 민주주의를 위협하는 듯합니다.

그러면 어떻게 해야 할까요. 저자들의 해법이 다소 막연하게 들리기는 합니다. 그 막연함을 저는 이렇게 받아들였습니다. 첫째, 아주 근본적인 인식의 변화가 필요하기에 추상적으로 쓸 수밖에 없었다. 둘째, 여태까지 구체적인 방법이 제대로 논의된 적이 없다. 이제부터 모두 머리를 맞대야 할 문제라는 얘기입니다. 보편기본소득과 교육 투자에 대한 비판도 귀 기울여 들어볼 만합니다.

041

『이것이 모든 것을 바꾼다』

—

나오미 클라인 지음 │ 이순희 옮김 │ 열린책들 │ 2016[2014] │ 798쪽

'이것'이 모든 것을 바꿀 것입니다. 거기에 제대로 대응하지 않으면 세상은 망합니다. 그런데 현재 세계가 돌아가는 방식, 즉 자본주의가 그 대응을 막고 있습니다. 그러므로 자본주의를 바꿔야 합니다. 좌파 저널리스트이자 시민운동가인 나오미 클라인이 『이것이 모든 것을 바꾼다』에서 주장하는 내용입니다. 여기서 '이것'은 무엇일까요?

클라인은 그게 기후변화라고 주장합니다. 『이것이 모든 것을 바꾼다』는 798쪽에 걸쳐 그 근거와 현장을 제시하는 책입니다. 독자에게 핵심 의문은 '왜 기후변화 대응이 자본주의와 양립할 수 없다는 거지?'일 겁니다. 관련 질문도

꼬리를 물고 떠오르겠죠.

기후변화가 우리 사회의 근본을 뒤집어야 할 정도로 급박한 문제는 아니지 않나? 온실가스 배출권 거래제처럼 자본주의의 틀 안에서 시장 원리를 이용하는 게 더 낫지 않을까? 화석연료를 덜 배출하는 제품이나, 아예 온난화를 막는 미래 기술로 대응할 수 있지 않을까? 시장경제를 무시한 사회적 실험들은 모두 실패로 끝나지 않았던가?

클라인은 이들 질문에 대해 '모두 아니오!'라고 답합니다. 촌각을 다투는 사안이며, 탄소거래제는 처참히 실패했고, 인공 화산재로 햇빛을 막자는 등의 '지구공학' 아이디어는 미친 과학자들의 헛소리이고, 그보다는 제2차 세계대전 당시의 전시 동원 체제 같은 것이 필요하다고요. 오히려 이걸 현재의 기업자본주의를 손볼 기회로 삼자고요.

과격하고 급진적이며, 스스로 그렇다고 말하는 책입니다. 이제 현재의 경제 시스템과 정면충돌하는 해법밖에 남지 않았다는 겁니다. 저자 자신의 임신 경험을 말하는 대목에서는 감정에 휩쓸리는 듯하지만, 그 외에는 논리적으로 말하고 설득력 있는 근거도 함께 제시합니다. 충격적인 제안에 대해 책장을 덮을 때까지 확신이 서지 않을 수 있습니다. 그래도 마음은 상당히 흔들릴 거예요.

이 책을 읽고 같은 문제에 대한 다른 시선이 궁금해졌다면 역시 저널리스트 작가인 맥켄지 펑크의『온난화 비즈니스』를 읽어보세요. 이 책은 기후변화 위기를 부정하는 게 아니라, 어쩔 수 없는 현실임을 받아들이고 적응하며 이용할 부분은 이용하자는 태도예요. 지구공학에 대해서도 추진하는 측이 펼치는 의견을 소개해줍니다. 현장을 누비며 다양한 인물을 인터뷰해서 쓴 책인데, 클라인과는 상당한 온도 차가 느껴지지요. 한국에 처음 소개될 때에는 '온난화라는 뜻밖의 횡재'라는 제목으로 들어왔더랬습니다.

042

『문명의 붕괴』

—

재레드 다이아몬드 지음 ｜ 강주헌 옮김 ｜ 김영사 ｜ 2005[2004] ｜ 788쪽

어린 시절, 환경운동을 고깝게 여긴 때가 있었습니다. 딱히
뭘 알고 그랬던 게 아니라, 그냥 일부 운동가의 감상주의나
어딘지 맹신적인 분위기가 탐탁지 않아서 그랬습니다. 딴에는
그럴싸한 반론도 한 가지 갖고 있었어요.

'인구 폭발, 석유 고갈, 핵전쟁, 그 외에 이런저런 비관론들이
모두 빗나가지 않았나. 지구온난화도, 여섯 번째 대멸종도 그런
호들갑이겠지. 방법은 모르겠지만 결국 우리는 이겨낼 거야.
인간은 의외로 강하고 질기다니까.'

그런 생각은 『문명의 붕괴』를 읽고 난 뒤 확실히
바뀌었습니다. 이 788쪽짜리 두툼한 책에서 재레드

다이아몬드는 '아니야, 꽤 큰 사회가 환경 재앙으로 완전히 망한 적이 최소한 몇 번은 있었어'라고 반박합니다. 더 나아가 과거 문명이 그렇게 망할 때 몇 가지 공통점이 있었고, 지금 우리 세계에도 그런 요소가 있다고 지적합니다.

다이아몬드가 예로 드는 '망한 사회'는 고대 이스터섬, 핏케언섬, 아나사지 문명, 마야 문명, 노르웨이령 그린란드 등입니다. 망한 거나 다름없었던 내전 당시 르완다와 최근의 아이티도 비중 있게 다룹니다. 저자는 이들 사회의 몰락을 자연환경이 인구를 지탱하지 못한 데서 찾아요. 르완다 내전 사태에서도 부족 갈등 아래 높은 인구밀도가 있음을 보여줍니다.

이들 사회의 공통점 중 가장 섬뜩한 건, 상당수가 전성기에 이른 뒤 갑자기 몰락했다는 사실입니다. 어찌 보면 당연한 얘기인데, 한 사회는 전성기로 갈수록 삼림을 파괴하고 땅의 지력을 훼손하는 등 환경 파괴의 규모가 점점 더 커집니다. 그래서 사람이 가장 많을 때 자원이 부족해지고, 싸움이 일어납니다. 주변이 막힌 고립된 사회가 그 단계까지 가면 평화롭게 서서히 기운을 잃기보다는 유혈 사태 속에 급격히 파멸하는 듯합니다.

다이아몬드에 따르면 이제 세계는 고립된 단일 문명이며 인류는 환경에 엄청난 충격을 가하는 중입니다. 너무 늦기

전에 역사에서 교훈을 얻어야 한다는 겁니다. 저자는 책
뒷부분에서 미국, 호주, 중국 같은 현대 국가들이 생태적으로
얼마나 위태로운지 진단하고 우리가 할 수 있는 일들을
제시합니다.

그런 제안들은 감상이나 맹신 대신 신중한 회의주의를
바탕으로 합니다. 과거의 비관적인 예측 상당수가
빗나갔다고요? 다이아몬드는 "화재 신고가 몇 건 잘못
들어왔다고 소방서를 없애자는 주장이 옳으냐"고 묻습니다.

2004년에 나온 책이라 중국에 대한 내용 일부는 지금
현실과 다소 안 맞을 수 있습니다. 이스터섬의 몰락 원인에
대해서도 새로운 가설이 계속 나오는 것으로 알고 있어요.
그러나 이 책의 핵심 메시지는 여전히 유효하고 강력합니다.

『무신론자의 시대』

피터 왓슨 지음 | 정지인 옮김 | 책과함께 | 2016(2014) | 832쪽

최근 150년 동안 서구의 철학, 문화, 예술, 정치운동을 832쪽짜리 책 한 권에 담아내야 한다고 해봐요. 어떤 키워드를 써야 그 모든 움직임을 다 엮을 수 있을까요? 그러면서 2020년의 우리에게도 현재진행형인 주제는 뭘까요? 박학다식의 대명사 격인 피터 왓슨은 그 열쇠말로 '신의 죽음'을 내세웁니다.

『무신론자의 시대』는 종교를 믿으라거나 믿지 말라고 강요하는 책이 아닙니다. 특정 종교에 대한 책도, 종교학 서적도 아니에요. 니체 이후 서양의 사상가와 예술가, 운동가들이 '세계의 의미'를 붙잡기 위해 각자의 분야에서

어떻게 도전하고 어떤 성과를 거뒀는지 설명하는 지성사知性史 서적입니다. 저자는 사실 그런 노력들이야말로 현대 문화의 핵심적 요소라고 풀이합니다.

저자의 시야는 현상학과 실존주의에서 뉴웨이브와 사이키델릭에까지 이릅니다. 이 사조思潮와 유행들을 저자가 제공하는 독특한 렌즈를 통해 보면서 새로운 특징을 발견하고 본질을 다시 이해하는 즐거움이 짜릿합니다. 책은 프로이트의 의의를 이전까지 종교가 독점했던 인간 내면을 생물학으로 이해하려 했다는 데서 찾습니다. 카프카의 작품을 대안 종교가 되려 하는 거대 담론 일체에 대한 거부로 읽습니다.

현대 문화와 사상의 맥락을 매끄럽게 연결하는 저자의 유려한 솜씨 덕분에 책은 뒤로 가면서 하나의 거대한 질문이 됩니다. 그래서 이 시대의 우리는 어떻게 살아야 하는가? 삶에 대한 희망과 따뜻한 공동체에 대한 답을 어디서 구할 수 있을까? 종교도 과학도 여전히 불충분해 보이는 이때, 어떤 시도와 상상력이 필요할까? 책장을 덮은 뒤에도 깊은 여운이 남습니다.

곳곳에서 교회 십자가와 점집을 찾을 수 있는 나라지만, 종교적 주제를 진지하게 다루는 책은 팔리지 않는 곳이 한국이지요. 류종필 책과함께 대표는 초판 수량을 놓고 '제목에 무신론이라는 단어가 들어가는 벽돌책이 얼마나 팔릴까' 하고 망설였다고 합니다. 그런 우려가 무색하게 책은 5개월 만에 1쇄가 다 팔렸다고 하네요. 인터넷 서점들의 평을 보면 '피터 왓슨의 책이라면 무조건 본다'는 팬들이 있는 것 같습니다. 저 역시 그중 한 사람입니다.

『모던 타임스』1, 2

—

폴 존슨 지음 | 조윤정 옮김 | 살림 | 2008[1983] | 1권 760쪽 | 2권 840쪽

영국의 역사학자이자 저널리스트인 폴 존슨의『모던 타임스』는 1권이 760쪽, 2권이 840쪽입니다. 책이 출간된 해에『뉴욕타임스』가 올해의 책으로 뽑았고, 미국 잡지『내셔널리뷰』는 무려 20세기 100대 도서 중 하나로 선정하기도 했습니다. 그런데 이 책은 20세기에 쓴 20세기 역사서입니다. 초판이 나온 지는 40년이 넘었습니다. 지금 읽어도 괜찮은 내용일까요?

'그렇다, 어쩌면 저자의 통찰은 지금 더 유효할지 모른다'는 게 제 생각입니다. 이유 중 하나는 폴 존슨이 요즘 보기 흔치 않은 보수 성향의 역사가라는 점입니다. 자본주의가 지식인

사회의 주적으로 자리 잡은 시대에, 20세기의 여러 사회주의 실험이 빚은 참상과 그 원인에 대한 날카로운 분석을 읽는 일은 지적 균형감각을 갖추는 데 도움이 될 겁니다.

저자는 소련의 대숙청, 중국의 문화대혁명, 제3세계 운동을 나치즘, 파시즘과 같은 틀에서 읽어냅니다. 인간 본성을 얄팍하게 이해하고, 낭만적이지만 비현실적인 비전을 세운 뒤 그 틀에 사람을 구겨넣으려 했던 사회공학이라는 점에서요. 책의 표현을 옮겨올게요. "20세기의 경험은 유토피아주의가 폭력주의와 크게 다르지 않다는 것을 보여준다." 시대를 떠나 사회 진보를 꿈꾸는 이라면 마음에 새겨야 할 교훈입니다.

그런 시사점들을 떠나서도 읽는 맛 자체가 좋습니다. 문장들은 쉬우면서도 신랄합니다. 국제연합UN 사무총장을 우체국장에 빗대고 구조주의를 "엘리트들만 알 수 있는 비밀스러운 지식의 체계"라고 꼬집는 식입니다. 특히 권력자들의 초상을 생생하게 잘 그리는데, 몇몇 인물에 대해서는 과감한 평가를 내리기도 합니다. 간디를 정치적 기인이라고 설명하는 대목을 다 읽고 나면 반박이 쉽지 않습니다.

『모던 타임스』는 심만수 살림 출판사 대표가 뉴욕 출장을 갔을 때 반스앤노블의 폴 존슨 특별 판매대에서 읽고 출간을 결심하게 됐다고 합니다. 살림 출판사는『미국인의 역사』1, 2

등 폴 존슨의 다른 주요 저작들도 출간했습니다. 분량이
만만치 않지만 존슨의 고정 독자층이 있는 것 같다는 게
출판사 측 설명입니다. 을유문화사에서 나온 같은 저자의
『지식인의 두 얼굴』도 추천합니다. 역시 생생하고 신랄합니다.

『자폐의 거의 모든 역사』

—

존 돈반·캐런 저커 지음 ┃ 강병철 옮김 ┃ 꿈꿀자유 ┃ 2021[2016] ┃ 864쪽

존 돈반, 캐런 저커의 『자폐의 거의 모든 역사』는 굉장히 지적이고 감동적인 논픽션입니다. 단도직입적으로 이 책 독자들께 "저 믿고 한번 펼쳐주십시오" 하는 말씀을 드리고 싶을 정도로요. 자폐와 접점이 있는 분들은 이미 이 책을 읽었거나 최소한 이 책의 존재는 아실 것 같습니다. 그래서 이 글은 자폐와 접점이 없는 분들을 향해 씁니다.

과학교양서이면서 인물 열전이고 실용서이기도 한 864쪽짜리 책을 한 측면으로만 소개하는 서평가의 실력 부족을 너그럽게 봐주시기를.

우선 이 책 앞부분은 '한 사회가 어떻게 희생양을

만들어내는가, 그 과정에서 과학이 어떻게 잘못 이용될 수 있는가'에 대한 이야기로 읽을 수 있습니다. 자폐 연구 초기에 일명 '냉장고 엄마' 이론이 퍼졌습니다. 사랑을 주지 않는 어머니가 아이의 자폐를 불러일으킨다는 끔찍한 주장이었죠. 이 잘못된 이론이 수많은 어머니를 죄책감에 빠뜨리고, 거기에 더해 가족과 사회의 비난까지 받게 했습니다.

책 중반부는 '평범한 사람들이 힘을 모아 사회의 거대한 편견을 바꾸는 드라마'로 읽을 수 있습니다. 자폐아의 부모들은 정보를 공유하고 잘못된 인식에 맞서기 위해 뭉쳤습니다. 자폐인이 학교에서 교육받을 권리를 위해, 자폐 연구에 대한 지원을 약속받기 위해 싸웠고요. 그들은 그 과정에서 모욕당하고 좌절하다, 크고 작은 성취를 기적처럼 이루고, 반목하고 분열하고, 다시 일어섰습니다.

저는 책 후반부를 '우리가 어떤 사회를 만들어야 하는가, 그리고 과학은 그 과정에서 어떤 역할을 해야 하는가'라는 질문으로 읽었습니다. 일부 자폐 운동가들이 백신 음모론을 받아들이고 자폐 공동체가 이 문제로 내전을 벌이는 과정은 읽기 괴롭고 당혹스럽습니다. 무엇이 잘못이었을까요? '자폐는 치유되어야 할 질병이 아니라 세상을 살아가는 한 방식이며, 정체성으로 존중받아야 한다'는 최근의 신경다양성 개념은 논쟁적입니다. 이 논의를 어떻게 발전시켜야 할까요? 우리는 아직 답을 모릅니다.

책의 표현을 빌리자면 자폐증은 '사회의 모습을 비추는 거울'입니다. 한 세기에 가까운 자폐의 역사는 더 인간적인 세상을 만들려고 애썼던 이들이 오해와 무관심 속에서 분투한 기록이기도 합니다. 읽다보면 그 투쟁에 동참하고 싶은 마음이 자연스레 생깁니다.

『조현병의 모든 것』

—

E. 풀러 토리 지음 ｜ 정지인 옮김 ｜ 심심 ｜ 2021[1983] ｜ 760쪽

　　E. 풀러 토리의 『조현병의 모든 것』을 집어든 이유는 여러 가지였습니다. 먼저 퓰리처상 수상작가 론 파워스가 쓴 『내 아들은 조현병입니다』를 감동적으로 읽은 뒤 이 병을 더 알고 싶다는 마음이 들었어요. 조현병 환자가 저지른 범죄 사고를 여러 차례 기사로 접하는 동안 과연 그들을 내 이웃으로 두어도 괜찮을지 의문이 들었던 것도 사실입니다. 한편으로 이 병은 곧잘 여러 상징이나 비유에 동원되는데 그게 얼마나 적절한지도 궁금했고요.

　　그런 정도의 의문을 품은, 전문적인 의학 지식이 없는 교양 독자가 읽기에 좋은 책이었느냐고요? 그랬습니다. 조현병과

가까이 있지 않은 이들에게도 추천합니다. 어려운 용어 없이
술술 읽히는 문장으로 되어 있고, 복지 서비스, 개인의 자유,
폭력, 현대 사회에 대해 성찰하게 만드는 대목이 많습니다.
두려움 속에서 서로를 비난하며 사는 환자 가족들의 삶을
상상하거나 인간의 존엄이 무엇인지, 어떤 조건에서
성립하는지와 같은 문제를 고민하느라 페이지를 넘기는 손을
여러 번 멈춰야 했습니다.

책장을 덮은 뒤에도 여전히 어떤 딜레마는 해결되지 않은 채
남아 있어요. 현대 의학은 이 병의 원인조차 제대로 모르는
상태입니다. 환자의 내면은 여전히 저의 이해 밖입니다. 1장에
이런 문장이 있더라고요. "뇌가 우리에게 장난을 걸어오기
시작한다면, 주인 없는 목소리가 우리에게 고함을 친다면,
감정을 느끼는 능력이 사라진다면, 논리적 사고 능력이
사라진다면 어떤 느낌일까?" 760쪽짜리 책을 다 읽고 다시
앞부분으로 돌아와 질문에 대해 답하려 애써보지만 쉽지
않습니다.

저는 이 병이 지닌 모순과 잔인함을 감히 안다고 말할 수
없습니다. 그러나 이 병을 대하는 사람들의 태도, 이 병을
둘러싸고 벌어지는 논란들의 모순과 잔인함에 대해서는 조금
알게 되었습니다. 문장을 하나 더 옮겨 적습니다. "조현병
환자에게 공감하는 사람이 너무 적다는 사실은 조현병을

그만큼 더 큰 재앙으로 만든다."

  책을 읽고 조현병을 얼마나 많이 알게 됐느냐고 묻는다면 이렇게 대답해야 할 것 같습니다. 제가 이 병에 대해 얼마나 무지했는지 많이 알게 됐다고. 조현병 환자를 이웃으로 두어도 괜찮을까, 라는 질문은 이제 몹시 투박하게 들립니다. 이미 제 이웃 중에, 지인 가족 중에 환자가 있을 겁니다. 그들이 한사코 그 사실을 숨기고 있을 뿐. 100명 중 1명꼴로 조현병을 앓는다고 합니다. 그렇게 흔한 질환입니다. 그런데 제가 사는 아파트 단지 주민이 2000명이 넘습니다.

048

『마오주의』

—

줄리아 로벨 지음 ┃ 심규호 옮김 ┃ 유월서가 ┃ 2024[2019] ┃ 792쪽

대장정에 대해 처음 들은 것은 중학교 도덕 수업
때였습니다. 30대 초반쯤으로 기억되는 도덕 선생님이
마오쩌둥과 홍군의 영웅담을 흥미진진하게 들려줬어요.
주체사상도 담론 취급을 받던 1990년대 초 한국 진보 진영에서
마오에 대한 그 정도 미화는 이상한 일이 아니었습니다. 저를
비롯해 그 교실에 있던 소년소녀들은 입을 벌리고 감탄했죠.
가슴도 꽤 뜨거워졌던 것 같습니다. 돌이켜보면 그때 제가 딱
홍위병 나이였네요.

　에드거 스노의 『중국의 붉은 별』을 읽은 것은 한참
뒤였어요. 그때는 이미 문화혁명을 어느 정도 알고 있었기에

뜨거운 가슴으로 그 책을 읽을 순 없었죠. 나이가 들고 언론계에서 일하면서 중학생 수준의 현실 인식이 뜨거운 가슴을 만나면 얼마나 파괴력이 큰지 여러 번 절감했습니다. 전직 언론인이자 현직 논픽션 작가로서 저는 스노가 저널리즘의 기본 원칙을 무수히 어겼다고 봅니다.

중국 현대사와 문학 전문가인 줄리아 로벨의 『마오주의』는 앞부분에서 『중국의 붉은 별』을 둘러싼 신화를 해체하는 데 공을 들입니다. 스노가 어떻게 홍군에 이용됐는지 로벨이 그리는 모습을 읽다보면 화가 치민다기보다는 어이가 없습니다. 뭐, 스노 역시 작가로서 명성을 쌓는 데 대장정을 이용했지요.

792쪽짜리 책 『마오주의』 중반부는 세계 각지에서 마오주의가 지식인과 혁명가들에게 어떻게 이용됐는지, 혹은 마오주의가 그들을 어떻게 이용했는지에 대한 내용입니다. 마오주의Maoism는 기실 어떤 주의ism가 될 수 없는 개념이었습니다. 사람들의 현실 인식을 중학생 수준에 묶고, 가슴을 뜨겁게 만들어 파괴력을 일으키는 선전선동법이라고 부르는 게 옳습니다.

로벨은 21세기 중국 이야기로 책을 마무리합니다. 저는 세계를 생각하며 책장을 덮었습니다. 비유를 활용한 쉬운 문장으로 적혔고 얇아서 들고 다니기 편했던 '마오 주석

어록'은 중국 안팎에서 마오주의를 퍼뜨리고 굳히는 데
결정적인 역할을 했죠. 이 대목에서 이용자의 현실 인식을
중학생 수준으로 만들고 가슴만 뜨겁게 만드는 매체인
소셜미디어들을 떠올리지 않을 도리가 없습니다.
소셜미디어를 혁명 도구라 믿는 이들의 모습에 홍위병도 겹쳐
보입니다.

049

『신의 전쟁』

—

카렌 암스트롱 지음 | 정영목 옮김 | 교양인 | 2021[2014] | 746쪽

"종교는 역사상 모든 주요한 전쟁의 원인이었다."

세계적인 종교학자이자 본인 역시 한때 수녀였던 카렌 암스트롱은 택시를 탔다가 기사로부터 이런 말을 들은 적이 있다고 합니다. 암스트롱은 이 일화를 소개하면서 바로 '제1, 2차 세계대전의 원인은 종교가 아니었다'고 받아칩니다.

하지만 종교가 '모든 주요한 전쟁'은 아니더라도 상당히 많은 전쟁의 원인이 된 것은 사실 아닌가요? 현재도 진행 중인 국제적인 갈등과 테러의 배후에 종교가 있지 않나요? 신념에 대한 무조건적인 헌신은 비타협적인 태도로, 나아가 자신과 다른 믿음을 지닌 이들에 대한 폭력으로 이어지는 것

아닐까요?

오늘날 무신론자를 자처하는 상당수 지식인이 품고 있는 의심들일 겁니다. 암스트롱은 그 질문들에 대해 최선을 다해 대응하겠다고 마음먹고 이 책『신의 전쟁』을 집필한 것 같습니다. 수메르 시대부터 9.11 테러에 이르기까지 수천 년의 시간을 살피며 746쪽에 걸쳐 종교와 전쟁, 폭력의 관계가 그리 단순하지 않음을 역설합니다.

암스트롱이 펼치는 여러 반론 중 가장 굵직한 주장 두 가지를 꼽아보자면 이렇습니다. 첫째, 종교가 원인으로 알려진 충돌의 배경에는 종교 외에도 복잡한 사회적, 정치적, 경제적 요소가 있었습니다. 십자군 원정에서부터 최근의 자살 폭탄 테러에까지 모두 해당되는 말입니다. 둘째, 종교와 정치가 분리된 근대 이후에도 여전히 정치에는 거대한 폭력을 유발하는 '종교적 열정'이 남아 있습니다. 이를테면 민족주의가 그러합니다. 암스트롱은 언급하지 않지만 강성 정치 팬덤을 이해하는 데에도 들어맞는 말이겠지요.

책은 종교가 종교적 폭력에 책임이 없다고까지 주장하지는 않습니다. 그러면 이 두꺼운 저작은 종교를 위한 긴 변명에 불과한 걸까요? 어쩌면 처음부터 질문들이 잘못되었는지 모르겠습니다. 종교에 책임이 있느냐 없느냐를 따질 게 아니라, 종교의 시대에서 현대에 이르기까지 줄기차게 이어지는

대규모 폭력을 어떻게 막을 것인지를 물어야 합니다. 그에
대한 저자의 답변은 "종교가 가장 훌륭했을 때 수백 년 동안
해온 일"을 해낼 방법을 이 세속의 시대에 다시 찾아야 한다는
것입니다.

050

『마키아벨리의 피렌체사』

—

니콜로 마키아벨리 지음 ┃ 하인후 옮김 ┃ 무블출판사 ┃ 2022[1526] ┃ 780쪽

마키아벨리는 40대 중반에 『군주론』을 집필했습니다. 공직으로 복직하고픈 마음이 간절하던 때였고, 그래서 자기 추천서 성격이 강한 『군주론』은 이중으로 음흉한 책이 되었습니다. 군주는 음흉해져야 한다는 말을 음흉한 목적으로 썼으니까요. 삼켜내기 어려운 주장들을 담은 『군주론』은 이런 배경 덕분에 더 해석이 분분해지는 책이 됐지요.

군주론을 쓰고 10여 년이 훌쩍 지나 마키아벨리는 말년의 역작 『피렌체사』를 썼습니다. 군주론 때와는 사뭇 다른 마음가짐이었던 것 같습니다. 다른 역사가들이 권력자들의 눈치를 보느라 피렌체의 내부 분열 문제는 대충 쓰거나

무시했다는 비판으로 책을 시작합니다. '나 (이번에는) 눈치 안 보고 썼다, 그리고 내부 분열 문제에 집중했다'는 선언인 셈입니다.

이 책은 한국에서는 『마키아벨리의 피렌체사』라는 제목으로 2022년에야 완역됐습니다. 번역본 기준 780쪽의 대작이지만 어떤 면에서는 『군주론』보다 읽기 수월합니다. 마키아벨리는 이 책에서 다급한 구직자가 아니라 냉철한 논평가입니다. 그가 고국에서 일어난 사건의 원인과 영향을 분석할 때, 행간의 숨은 의미를 파악하려는 노력은 덜 기울여도 됩니다. '귀족과 평민 간의 심각하지만 자연스러운 적의가 공화국에 창궐하는 모든 악의 근원'이라는 진단도, 왜 똑같이 평민이 승리했는데 로마는 더 고결해졌고 피렌체는 반대로 비루해졌는가 하는 분석도 소화하기 전혀 어렵지 않습니다. 오히려 인간의 본성을 정확히 꿰뚫어 본다는 감탄이 나옵니다. 그리고 당연하게도 이 대목에서 한국의 계층 갈등 양상은 로마를 닮아가는지, 피렌체를 향해 가는지 생각하게 됩니다.

인간 마키아벨리도 한층 더 가깝게 다가옵니다. 책이 중점적으로 다룬 13~15세기 피렌체와 이탈리아의 분열상은 징글징글할 정도입니다. "훌륭한 법과 제도로 다스려지는 도시는 다른 도시들과 달리 더 이상 어느 한 사람의 미덕에 의지할 필요가 없"지만, 그렇지 않은 도시는 어떻게 해야

할까요. "전체적인 정부와 방종한 정부는 모두 틀림없이 단 한
사람의 미덕과 행운에 의지해 유지될 수밖에"라는 결론을
내리는 좌절한 지식인의 초상이 그려집니다.

051

『잿더미의 유산』

—

팀 와이너 지음 | 이경식 옮김 | 랜덤하우스코리아 | 2008[2006] | 1000쪽

미국 중앙정보국CIA이라는 단어를 들으면 어떤 이미지가 연상되세요? 다섯 가지 외국어를 자유자재로 구사하다가 가끔 필요하면 근처에 있는 험악한 덩치들을 격투기로 순식간에 제압하는 현장 요원? 아니면 어두운 방에서 커피를 홀짝이며 외국의 민주화 운동 지도자를 암살할 계획을 짜고, 동시에 자기네끼리도 암투를 벌이는 양복 입은 백인 중년 남성들?

만약 그렇다면 제2차 세계대전부터 조지 W. 부시 정부까지, CIA의 역사를 다룬 팀 와이너의 『잿더미의 유산』을 읽으며 여러 번 놀라게 될 겁니다. 꼭 1000페이지인 이 책을 읽으며 저는 "헐, 이게 진짜야?"라는 혼잣말을 몇 번이나

중얼거렸습니다.

왜 그렇게 놀랐느냐. 어떤 조직이 이렇게까지 무능하고 멍청할 수 있다는 사실이 믿기지 않아서였어요. 그 바보스러움에 경악하기는 역대 미국 대통령들도 마찬가지였습니다. 닉슨은 CIA에서 올린 보고서 여백에 '쓸모없음. 신문으로 다 알 수 있는 내용'이라고 메모했습니다. 그 자신이 CIA 국장을 지내기도 했던 아버지 부시는 대통령이 된 뒤 "CIA보다 CNN이 더 낫다"고 분통을 터뜨렸어요.

한국 관련 에피소드 하나만 소개할게요. 6·25 전쟁 당시 한국에 온 CIA 서울지부장이 자기 부하들이 어떤 사람인지 조사했더니 200명 중 한국어를 할 줄 아는 이가 한 명도 없었습니다. 그래서 CIA 서울지부는 한국인 대원들에게 전적으로 의존했는데, 이들은 단 한 명의 예외도 없이 모두 사기꾼이었죠. CIA의 공작 자금으로 풍족하게 살면서, 북한과 중국에서 만든 역정보를 보고하고 있었습니다.

CIA가 6·25 중 온갖 말도 안 되는 작전을 펼치고 번번이 실패한 이유가 그 때문이었습니다. CIA는 그때마다 의회에 '전략 작전 수행'이라는 말로 얼버무리고 "북한 내 저항 세력을 우리가 통제하고 있다"고 허풍을 쳤습니다. 이후 소련, 쿠바, 이라크, 아프가니스탄에서 벌인 일도 이와 별반 다르지 않았습니다. 몇몇 에피소드에서는 읽는 독자가 부끄러워질 지경입니다.

충격과 경악을 잔뜩 선사하는 책이지만 함부로 의심할 수가 없습니다. 저자는 미국 국방부의 비자금을 파헤친 기사로 퓰리처상을 받은 『뉴욕타임스』 민완 기자입니다. 게다가 서문에서 "익명의 소스나 루머는 전혀 인용하지 않았다, 오로지 공식 기록과 전현직 CIA 국장 10명을 비롯한 실명 취재원의 인터뷰로만 썼다"고 못을 박았네요.

책이 그리는 CIA의 종합적인 이미지는 '통제받지 않은 채 국가 예산으로 황당한 짓거리를 벌이는 아마추어들'입니다. 최고 경영자가 비전이 없고 임원들이 무능할 때 대기업이나 공기업에서 어떤 일이 벌어지는지 보여주는 긴 우화처럼 읽히기도 해요. 문득 우리의 국가정보원은 어떨지 궁금해집니다.

5장

시간을 함께 보낸다는 감각

벽돌책 속 인물들 중에는

제가 끝내 완전히 이해하지 못하거나

좋아하지 못한 사람도 있습니다.

하지만 그저 혐오스럽기만 한 사람은 없더라고요.

다른 사람이나 단체에 대해

쉽게 말하지 못하게 되는 것도

벽돌책 독서로 얻는 교훈이라 생각합니다.

벽돌책 속 인물들 중에는

제가 끝내 완전히 이해하지 못하거나

좋아하지 못한 사람도 있습니다.

하지만 그저 혐오스럽기만 한 사람은 없더라고요.

다른 사람이나 단체에 대해

사람을 사랑하는 데 시간이 얼마나 걸리세요? '금사빠'(금방 사랑에 빠진다)세요, 아니면 천천히 타오르는 스타일이세요? 저는 후자입니다. 연애를 할 때만 그랬던 게 아니라 업무 관계로 만난 사람을 좋아하고 인정하는 데도 시간이 걸리는 편이에요.

사랑에 빠지는 속도를 놓고 이런저런 심리학적 분석을 늘어놓는 분도 계시지만 저는 그럴 마음까지는 없고요. 다만 한 가지, 금방 사랑에 빠지는 데에는 외모의 역할이 결정적이라는 말씀은 드릴 수 있습니다. 외모는 첫눈에 확 띄는 반면 내면은 잘 드러나지 않으니까요.

그런 면에서 소설이든 평전이든 책 속 인물과 한눈에 사랑에 빠지기란 거의 불가능한 일입니다. 인물의 외모를 그대로 보여주는 영상 매체나 만화, 게임과는 다르죠. 대신 책은 인물이 속으로 하는 생각을 얼굴 표정이나 대사가 아닌 문장으로 직접 전달해줄 수 있습니다. 그래서 시간은 걸리지만 책을 통해 인물을 이해하는 정도는 영상 매체를 통한 방법에 비해 훨씬 더 깊다고 생각합니다.

어쩌면 많은 현대인이 가장 깊이 이해하는 인간은 책 속 인물들일지 모르겠다는 생각도 저는 한답니다. 사람의 진가는 고통 속에서 드러난다고 하잖아요. 그런데 매체를 통하지 않고 직접 접하는 사람들의 고통에 대해 얼마나 많이 아시나요?

부모님, 혹은 형제자매가 마음 깊은 곳에서 가장 두려워하는 일이 뭔지 아시나요? 직장 동료가 지금까지 살아오면서 가장 후회하는 일이 뭔지 아십니까? 잘 모르실 겁니다. 우리는 고통을 숨기는 문화 속에서 살고 있고, 타인의 고통은 대부분 매체를 통해 접합니다. 그 매체 속 고통은 편집과 요약을 거친 것입니다.

—

영상 매체에서도 영화 한 편을 감상하고 극장을 나설 때와 몇 년에 걸쳐 방영된 긴 드라마가 제대로 완결되어 마지막 에피소드를 봤을 때 기분은 퍽 다릅니다. 영화와 달리 긴 드라마가 끝나면 이야기가 끝났고 캐릭터들을 더 만날 수 없다는 사실에 꽤 북받치는 느낌이 듭니다. 심지어 완성도가 떨어지는 작품이라도 그렇습니다.

왜 그럴까요. 두 시간짜리 영화를 한 번에 감상할 때에는 그 등장인물과 함께 보낸 시간이 두 시간밖에 없습니다. 관객은 영화가 제공하는 정보를 따라가지만, 거기서 감정적으로 체류하지는 않습니다. 그러나 5년간 방영된 드라마라면 얘기가 다르지요.

어떤 친구와 5년을 함께했다는 이야기를 할 때, 우리는 5년 내내 그 친구와 같은 공간에서 붙어 있었다는 말을 하는 게 아닙니다. 일주일에 한두 번씩 만난 기간이 5년이었다는 의미입니다. 드라마를 볼 때도 비슷한 일이 일어납니다.

일주일에 한 회씩 보는 드라마라도, 그때마다 드라마의 세계에 들어가고, 드라마 속 인물들을 만나게 됩니다. 시청자는 자기 삶 속에서 일정 기간을 드라마의 이야기와 함께 보내며, 인물들의 선택과 변화에 점점 더 익숙해집니다. 시청자는 인물들에 대한 정보를 제공받는 게 아니라, 인물들과 함께 긴 시간을 보냅니다. 그렇게 오랜 시간 알아온 인물들과 헤어질 때에는 당연히 마음에 동요가 일지요.

벽돌책인 소설이나 평전을 읽을 때에도 그런 현상이 벌어집니다. 물론 책 속 사건들이 진행된 시간에 비하면 책을 읽는 데 걸리는 시간은 훨씬 더 짧습니다. 하지만 어느 정도 분량이 있기에 한자리에서 읽지 못하고 오랜 기간 곁에 두어야 하는 책을 읽을 때에는, 책 속 인물들과 함께 시간을 보낸다는 느낌이 듭니다. 짧은 책이나 요약본에서는 그런 감각을 얻지 못합니다.

—

어떤 인물의 내면을 깊이 살피고, 그와 함께 시간을 보내면서 그의 고민과 판단을 지켜보는 독자에게는 신기한 일이 일어나더군요. 그 인물을 평가하지 못하게 되는 겁니다.

1장에서 에릭 라슨의 『폭격기의 달이 뜨면』을 소개했지요. 피 끓는 드라마라고, 독자가 윈스턴 처칠을 사랑하게 될 거라고 적었습니다. 제 서평만 읽고 피가 끓거나 처칠과 사랑에 빠진 분은 안 계시겠죠. 서평 분량은 1000자가 조금 넘는 정도였으니까요. 저는 처칠이 고민하는 것을 함께 고민하고, 그가 실망할 때 함께 탄식하고, 그가 두려워하는 일이 일어나지 않기를 바라다 처칠을 사랑하게 되었습니다. 그래서 처칠을 높이 평가하느냐고요? 그건 오히려 책을 읽기 전보다 더 답하기 어려워졌습니다.

타인을 객관적으로 평가한다고 할 때 흔히 우리는 이런 작업을 떠올립니다. 그 사람의 장점과 업적을 왼편에, 단점과 악영향을 오른편에 놓고 비교하는 겁니다. 모르는 사람일수록 이 틀에 더 쉽게 끼워넣을 수 있습니다. 그 사람에 대한 정보를 잔뜩 모아서 읽은 뒤 그에 대해 자세히 알게 됐다고 믿으며, 그 정보들을 저 대차대조표에 넣어 돌린 뒤 그를 다층적으로 분석했다고 여기지요. 그 인물이 겪은 고통을 함께 겪지 않고, '나라면 그 자리에서 어떻게 행동했을까'를 제대로 모르는 채로요.

그런 작업도 종종 해야 하지만, 다른 사람을 그런 작업으로만 이해하는 사람은 딱합니다. 인간에 대해서, 자기 자신에 대해서도 잘 모르는 사람이라고 생각합니다. 그렇게 되지 않기 위해 제가 제안하는 방법은 사람 이야기가 나오는 벽돌책 독서입니다. 벽돌책을 읽으며 타인의 '삶의 분량'을 체감해보십시오.

삶을 체험하게 하는
벽돌책들

　소설이나 평전, 또는 몇몇 인물의 삶에 초점을 맞추는 역사
서적인 벽돌책을 스물여섯 권 소개합니다. 처음에는 속도감을
느끼지 못해서 답답하더라도 나중에 가서는 몰입도가 커져
감흥도 여운도 굉장히 큽니다. 며칠, 혹은 몇 주간 시간을 함께
보내는 가운데 책 속 인물들과 관계를 맺기 때문이지요.
독자는 단순한 구경꾼이 아니라 기쁨과 슬픔을 인물들과
함께하는 일행이 됩니다.
　책 속 인물들도 더 생생하게 다가옵니다. 사건 전개와
직접적인 관련이 없는 풍경 묘사나 인물의 사소한 습관, 다른
사람과의 긴 대화가 실려 있기 때문이죠. 벽돌책이 만든

공간에서 독자는 인물의 숨소리를 느낄 수 있습니다. 그의 경험을 좀더 미세하게 체험할 수 있지요. 사소한 갈등과 작은 실패, 비루한 일상까지 함께 겪기 때문에 독자가 절정에서 받는 정서적 충격은 엄청납니다.

아래 책 속 인물들 중에는 제가 끝내 완전히 이해하지 못하거나 좋아하지 못한 사람도 있습니다. 하지만 그저 혐오스럽기만 한 사람은 없더라고요. 한 개인뿐 아니라 그런 개인들의 집단에 대해서도 마찬가지 감정을 품게 되었습니다. 다른 사람이나 단체에 대해 쉽게 말하지 못하게 되는 것도 벽돌책 독서로 얻는 교훈이라 생각합니다.

052

『아메리칸 프로메테우스』

—

카이 버드·마틴 셔윈 지음 | 최형섭 옮김 | 사이언스북스 | 2023[2005] | 1056쪽

크리스토퍼 놀런 감독의 영화 「오펜하이머」는 원자폭탄 개발의 주역인 미국 물리학자 줄리어스 로버트 오펜하이머의 전기 영화죠. 아카데미 작품상을 비롯해 유명 영화상을 휩쓸었는데, 상영 시간이 3시간 9초나 됩니다. 영화의 원작은 저널리스트인 카이 버드와 역사학자 마틴 셔윈이 함께 쓴 평전 『아메리칸 프로메테우스』인데, 이 책도 퓰리처상을 비롯해 유명 도서상을 휩쓸었습니다. 책도 길어요. 특별판 번역서 기준으로 1056쪽입니다.

저는 책을 먼저 읽고 나서 영화를 봤는데 책과 영화는 비슷한 듯하면서도 다르더군요. 영화는 책과 달리 시간순으로

진행되지 않고, 건조한 서술 위주인 책에는 없는 환상적이면서 연극적인 장면들이 나옵니다. 청문회장에서 사생활이 까발려진 오펜하이머를 알몸으로 앉아 있는 모습으로 연출하는 것 등이요. 몇몇 시간대에 초점을 맞췄음에도 영화는 복잡한 사연들을 압축하느라 숨이 가빠요. 그 바람에 사연이 축소된 주변 인물들이 오펜하이머보다 더 괴상하게 보입니다.

작은 일화 하나도 놓치지 않는 평전에서는 오펜하이머가 가장 괴상한 인물입니다. 1056쪽을 다 읽어도 그가 어떤 사람인지 단언할 수가 없어요. 적어도 영화가 애써 그리려 한 고결한 영웅, 순진한 희생자가 그의 전부는 아니었습니다. 공산주의자였냐 아니냐 하는 차원이 아닙니다. 그는 주변 사람들을 휘어잡았고, 야심가였으며, 늘 자신을 포장했는데 그 일을 너무 잘한 나머지 누구도 그의 진짜 내면을 보지 못합니다. 1000쪽이 넘는 전기를 쓴 작가들조차 그런 것 같습니다. 다만 그 내면이 풍요롭고 단단했던 것 같지는 않다는 인상을 작가들은 전해줍니다.

그는 물리학이나 원자폭탄, 불륜 같은 수많은 이야깃거리와 얽힌 인물이었고, 이 책은 온갖 주제를 얕지 않게 다룹니다. 천재들의 매력, 비범한 과업, 과학자의 책임, 냉전의 광기……. 책을 읽으며 저는 평전이라는 장르 자체에 대해, 글자로 할 수 있는 일에 대해 생각했습니다. 조사와 묘사가 이토록 집요한

평전은 본 적이 없습니다. 그럼에도 독자가 그 평전의 대상을
끝끝내 완벽하게 이해하지 못할 수 있다고, 동시에 그 대상을
붙잡으려는 글자들의 집요한 시도에서 감명을 받을 수도
있다고요.

053

『권력의 조건』

—

도리스 컨스 굿윈 지음 | 이수연 옮김 | 아르테 | 2013[2005] | 832쪽

도리스 컨스 굿윈은 정치 평론도 하는 미국의 저널리스트이자 작가입니다. 백악관에서 근무한 경력이 있고, 하버드대학에서 대통령직에 대해 가르치기도 했어요. 굿윈은 역대 미국 대통령 전기를 여러 편 썼는데, 그 일을 그녀보다 더 잘할 수 있을 사람이 달리 있을까 싶네요. 프랭클린 루스벨트와 엘리너 부부에 대한 책으로 퓰리처상을 받기도 했습니다. 실력에 의문을 표할 수 없습니다.

퓰리처상을 수상할 즈음 그녀는 다음 전기의 대상을 정했는데, 바로 에이브러햄 링컨이었습니다. 이후 자료를 연구하고 원고를 쓰는 데 10년이 걸렸다고 하네요. 그

결과물이 832쪽 분량의 책『권력의 조건』입니다.

거인의 거대함을 글로 어떻게 묘사해야 할까요. 굿윈은 링컨뿐 아니라 1860년 미국 대선에서 공화당 대통령 후보가 되기 위해 링컨과 겨루었던 유력 정치인들의 삶을 함께 보여줍니다. 링컨의 당내 경쟁자들을 정치 드라마의 조연 캐릭터처럼 활용하며 그들 눈에 링컨이 어떻게 비쳤는지, 그들이 링컨으로부터 어떤 영향을 받았는지를 이야기합니다.

이는 대단히 성공적인 서술 전략인데, 독자는 덕분에 당대에 가장 진보적이고 유능했던 인물들의 눈으로 링컨을 바라볼 수 있습니다. 처음에 링컨은 우스워 보였습니다. 쟁쟁한 정치인들이 다들 '내가 어쩌다 저 촌뜨기한테 졌지?' 하고 의아하게 여겼습니다. 장관으로 일해달라는 요청은 마지못해 받아들였죠. 그리고 링컨과 함께 일하며 깨닫습니다. 자신이 유례가 없을 정도로 강인한 의지와 고매한 인품, 그러면서도 냉철한 상황 판단력을 갖춘 지도자와 일하고 있음을. 권력욕을 꺾지 않은 이도 물론 있었습니다만, 링컨의 그릇과 사람됨에는 모두 승복합니다.

한국어판 제목보다는 '라이벌들의 팀Team of rivals'이라는 원제가 내용에 더 어울리는 듯합니다. 그렇다고 '링컨의 성공 비결은 정적까지 받아들인 포용력에 있었다'는 교훈이 핵심 메시지라고 요약하고 싶진 않네요. 이 전기가 그리는 링컨의

초상은 좀더 복잡하고 어둡습니다. 저는 매우 숭고한 야심을
지니고 치열하게 노력했던, 하지만 지상에서 뜻대로 되는 일이
거의 없어 늘 슬펐고 남몰래 지쳐 있었던 한 인간을 봤습니다.
그는 퍽 다정한 사람이었습니다.

054

『레이먼드 카버』

—

캐롤 스클레니카 지음 | 고영범 옮김 | 강 | 2012[2009] | 960쪽

"문학이 뭐라고 생각하시나요?"

소설가로 살다보면 종종 받는 질문입니다. 그런 질문을 처음 받았을 때는 대강 얼버무렸는데, 요즘엔 그냥 솔직히 대답합니다. "잘 모르겠습니다"라고요. 삶이 뭔지 모르면서 살고, 문학이 뭔지 모르면서 씁니다.

어렴풋이 추측만 할 따름입니다. 문학은 언어로 하는 일이죠. 사람을 사로잡고 뒤흔듭니다. 하지만 그 힘이 꼭 구원, 진리, 아름다움, 사회 비판, 공감, 위로를 향하거나 거기에서 나오는 것 같지는 않습니다. 그렇다고 하기에는 예외가 너무 많습니다. 걸작들의 공통점은 오히려 '역겹고 소름끼치는

인물이나 장면이 반드시 있다'는 것 아닌가요.

이문열 작가의 소설『시인』에는 젊은 김삿갓이 금강산에서 늙은 시인을 만나는 장면이 나옵니다. 시는 이것도 아니요, 저것도 아니라는 노인의 말에 지친 김삿갓이 "그럼 시는 도道냐"고 따집니다. 노인은 이렇게 말합니다. "결국은 자네도…… 내 시가 덜된 중놈이나 엉터리 도사의 머릿속에서 빌려온 헛것으로 보는 게지." 하지만 노인은 끝내 시가 뭔지 제대로 설명하지 못합니다. 제가 좋아하는 장면이에요.

캐롤 스클레니카가 쓴 집요하고 고통스러운 평전『레이먼드 카버』이야기를 어떻게 시작할까 고민하다가 서설이 길어졌습니다. 레이먼드 카버. '내가 바로 문학이다'라고 외치는 듯한 사나이입니다. 가난한 집에서 태어나 십대에 작가가 되기로 결심하고 나이 오십에 죽을 때까지 글쓰기에 매달렸습니다. 알코올중독을 심하게 겪고 두 번 파산하는 동안 주옥같은 단편소설을 쓰고, 마침내 술을 끊고, 주옥같은 작품을 더 쓰고, 명성을 얻고, 미국 단편소설의 르네상스를 주도하고, 쉰에 죽은 뒤 전설이 되었죠.

깜깜한 밤, 가로등이 없는 길을 자동차가 달리는 모습을 멀리서 지켜본다고 상상해볼게요. 길은 자동차 불빛의 궤적을 통해서만 제 모습을 잠시 드러냅니다. 제게는『레이먼드 카버』가 그런 자동차처럼 여겨져요. 한 작가가 평생에 걸쳐

추구했던 어떤 길, 그를 놔주지 않았던 '무언가'를 언뜻언뜻
보여주는 평전입니다.

　대작가가 아닌 우리는 그 힘의 형태를 이렇게 간접적으로만
볼 수 있는 것 같습니다. 카버 본인은 자기 공책에 이렇게
썼습니다. "내가 뭘 원하는지 모르겠다. 하지만 난 그걸 지금
원한다." 다른 공책에는 이렇게도 적었습니다. "이 모든 게
무엇을 위한 것이었는지는 모르겠지만, 헛된 시도는
아니었다." 그러나 마지막에 이르면 그는 그 '무언가'를 어느
정도 이루고, 그것이 무엇인지 거의 깨닫는 것처럼 보입니다.

　솔직히 말하자면 무척 괴로운 책입니다. 960쪽에 이르는
분량이 아니라 우상의 추락 때문에 그렇습니다. 카버는 그냥
술꾼이 아니더군요. 그는 한동안 상습 가정폭력범이었고, 책에
묘사되는 폭력의 수위는 어안이 벙벙할 지경입니다. 저는
423쪽에서 한동안 책 읽기를 멈췄습니다. 516쪽에 나오는
일화는 웬만한 공포영화 뺨칩니다. 너무 끔찍하니 여기서는
설명하지 않을게요. 읽으려는 분들은 각오를 꽤 해야 합니다.
페미니스트 평론가들이 카버의 가정폭력 문제를 왜 거론하지
않는지 모르겠어요.

　문학의 이름으로 그 범죄를 옹호할 생각은 눈곱
부스러기만큼도 없습니다. 카버가 단 한 줄도 못 쓰는 대신
그의 아내가 얻어맞지 않는 것이 그 두 사람에게도, 인류

전체에게도 더 나은 일입니다. 그럼에도 불구하고 카버가
엉망진창인 정신 상태로 쓴 작품들에 많은 사람이 사로잡히고,
저도 종종 그렇습니다.

055

『조지프 앤턴』

—

살만 루슈디 지음 | 김진준·김한영 옮김 | 문학동네 | 2015[2012] | 824쪽

두 번째 작품으로 34세라는 젊은 나이에 부커상을 수상하며 일약 스타가 된 젊은 소설가가 있습니다. 인도 출신인 그는 어린 나이에 혼자 영국으로 유학을 왔고, 가족은 얼마 뒤 파키스탄으로 이주했죠. 가족이 이민한 이유를 그는 끝까지 알 수 없었습니다.

늘 정체성에 혼란을 느끼던 그는 소설을 통해 스스로를 설명하고 싶다는 욕구를 품었습니다. 부커상을 받은 뒤 그는 그 작업에 착수했고, 이 야심작을 쓰는 데 5년이 걸렸습니다. 이슬람 문화권에서 자란 그는 당연하게도 이 소설에서 자신의 정신세계에 깊은 영향을 준 이슬람에 대한 고찰과 비판을 피할

수 없었습니다.

　나름대로 안전장치를 두었다고 여겼지만 책이 나오자 무슬림들은 격분했습니다. 책을 제대로 읽은 사람은 거의 없었고, 다들 "이슬람을 모욕한 책"이라는 말만 믿고 저자를 저주했습니다. 마침내 거대 종교의 지도자가 신도들에게 저자를 죽이라는 명령을 내렸습니다.

　이쯤에서 그가 누구인지 다들 알아차리셨겠죠. 살만 루슈디, 그리고 20세기 최대 필화 사건으로 꼽히는『악마의 시』이야기입니다. 루슈디는 이름을 바꾸고 영국 경찰의 보호를 받으며 13년 동안 숨어 살아야 했습니다. 10억 명이 넘는 사람들이 그를 비난했죠. 루슈디가 그때 썼던 가명은 824쪽짜리 자서전의 제목이 되었습니다. '조지프 앤턴.'

　화끈하고 감동적인 책입니다. 기본적으로 스릴러이며, 오만하고 겁 많고 세속적인 글쟁이가 투사가 되는 과정을 그린 인간 드라마이기도 합니다. 삼인칭으로 서술되는 루슈디가 고결한 순교자 타입이 아니라서 더 재미있습니다.

　그는 혼란에 빠지고, 자책하고, 자식을 만나지 못하는 괴로움에 몸부림칩니다. 이슬람 지도자들과 화해를 시도하다 지지자를 잃고, 인신공격에 분을 삭이지 못합니다. 오래도록 글을 쓰지 못하면서 자신이 여전히 작가인지 하는 회의에 빠집니다. PR에 무지했던 그는 비판자들에게 서툴게 맞서고,

원고 출간을 위해 투쟁합니다. 그 와중에 이혼하고 재혼하고
바람도 피웁니다.

'악마의 시' 논쟁에서 루슈디의 반대편에 섰던 이들 중에는
쟁쟁한 서구 지식인들도 있었습니다. 문학이라는 이름으로
다른 문화와 타인의 감정을 공격해서는 안 된다는
논리였습니다. 정치적 올바름의 시대에 표현의 자유란
무엇인지 자연스럽게 따져 묻게 됩니다.

책을 펴낸 문학동네 출판사는 루슈디의 저작을 꾸준히
국내에 소개하고 있어요. "세계 곳곳에서 루슈디뿐 아니라
번역가와 출판사에 대한 위협도 많았는데, 그에 대한 걱정은
없었나요?" 그렇게 묻자 담당 편집자는 "걱정은 모르겠고, 꼭
나와야 하는 책들이었다"고 대답하시더군요.

056

『레닌』

—

로버트 서비스 지음 │ 김남섭 옮김 │ 교양인 │ 2017[2000] │ 848쪽

옥스퍼드대학 역사학 교수이자 러시아혁명사의 권위자인 로버트 서비스가 쓴 두툼한 평전『레닌』이 2018년에 다시 나왔습니다. 교양인 출판사가 펴내고 있는 '문제적 인간' 시리즈의 열두 번째 책입니다. 교양인 측은 "원래 볼셰비키 혁명 100주년에 맞춰 2017년 10~11월에 내려고 했는데 출간이 조금 늦어졌다"고 설명하시더군요.

저는 이 책을 2001년에 나온 시학사 판으로 읽었습니다. 책의 몇 구절을 제 데뷔작『표백』에서 인용하기도 했어요. 제 소설은 일종의 '반反혁명'에 대한 내용이었고, 거기서 레닌을 언급하면 그럴싸한 분위기가 나리라 기대했지요. 체 게바라

얼굴이 그려진 티셔츠가 풍기는 정도의.

레닌주의에 끌렸던 적은 한 번도 없습니다. 하지만 레닌이라는 인물은 흥미롭죠. 하루 24시간 혁명만을 생각했고, 혁명을 위해서는 모든 것을 할 수 있었던 냉혹한 마키아벨리주의자. 신념과 행동을 일치시켰고, 번민과 후회가 없었던 인간. 논쟁에서 지는 법이 없었던 천재. 철부지 소년 시절에는 다들 꿈꿔봤을 만한 인물형 아닌가요.

그런데 사실 20여 년 전만 해도 레닌에 대해 알려진 바는 그런 판타지에서 크게 벗어나지 않았습니다. 소련은 레닌의 친척과 동료들이 쓴 글마저 기밀로 분류했고, 부인의 회고록도 검열했습니다. 소련 당국은 레닌이 일반인을 경멸하고 반란을 무자비하게 진압하라고 지시한 일화를 숨겼습니다. 레닌을 예수 같은 존재로 만들기 위해서였죠. 그 시기 세상 다른 쪽에서 그는 사탄이었습니다.

저자가 소련의 비밀문서를 샅샅이 조사해 그린 레닌의 진짜 모습은 어떨까요. 정직한 감상은 '그도 누군가에게는 착한 아들이고 다정한 남편이었구나'가 아니라, '어떻게 사람이 이럴 수 있지?' 쪽입니다. 읽다보면 피와 살을 가진 인간의 모습이 떠오른다기보다는, 괴물의 피와 살을 옆에서 생생하게 보는 기분이 듭니다.

레닌은 교활했고, 무자비했고, 오만했고, 조급했습니다.

아첨을 싫어했지만 자신에 대한 숭배가 혁명에 도움이 될 거라 여기고 받아들이는 야심가였습니다. 복잡한 인간이었나요? 글쎄요, 비범하게 단순한 인간이었다고 말할 수도 있습니다. 혁명 외에 다른 건 거들떠보지 않았던.

그런 면에서는 조조나 이방원, 체사레 보르자의 전기를 읽는 기분으로 '가볍게' 집어들어도 만족스러운 책입니다. '피를 흘리더라도 지름길로 가자'는 분노와 혼란이 팽배했던 제정 러시아 말기와 지금의 한국을 비교하며 읽어도 흥미진진할 겁니다. 레닌은 괴물 같은 시대를 만들었지만, 그 역시 기괴한 시대의 산물이었습니다.

시학사 판은 908쪽이었는데, 새로 나온 교양인 버전은 848쪽입니다. 판형이 커졌기 때문이에요. 그러나 주석이 늘어나 글자 양은 더 많다고 합니다. 러시아혁명사를 전공한 김남섭 서울과기대 교수가 새로 번역했습니다. 영어 원서뿐 아니라 러시아어 판본도 검토해 꼼꼼히 옮기면서 원저자의 고유명사 표기 오류까지 바로잡았다고 하네요.

057

『레오나르도 다빈치』

—

월터 아이작슨 지음 | 신봉아 옮김 | 아르테 | 2019[2017] | 720쪽

뮤지션 요조와 독서 팟캐스트를 몇 년간 진행했습니다. 즐거웠고 보람도 많았어요. 자랑거리도 있습니다. 두 MC와 제작진이 꼼꼼히 대상 도서를 읽고 인터넷에 공유 문서를 만들어 녹음 전 일주일 동안 온라인으로 독서 토론을 한 뒤 그걸 바탕으로 방송했어요. 제작진이 책을 안 읽는 독서 프로그램이 매우 많답니다.

월터 아이작슨의 720쪽짜리 평전 『레오나르도 다빈치』는 출간되자마자 팟캐스트에서 다뤘습니다. 실은 팟캐스트의 스폰서 사에서 낸 책이라 안 다룰 수가 없었는데, 처음에는 다들 조금씩 떨떠름해하는 눈치였습니다. 월터 아이작슨?

『스티브 잡스』를 쓴 그 사람? 이 양반 참 두꺼운 책 많이 쓰네. 어휴 이걸 언제 다 읽어. 다빈치라니, 막 르네상스 나오고 인문학 나오고 어려울 거 같아. 그런데 이런 대천재 이야기를 읽는다고 우리 같은 사람한테 뭐 남는 게 있을까…….

아마 그 팟캐스트에서 다뤘던 아이템 중 독서 전후로 느낌이 가장 달라진 책이 아니었나 싶습니다. 막상 펼쳐보니 전혀 어렵거나 부담스럽지 않았거든요. 저자는 먼저 다빈치의 작품과 아이디어를 생생하게 묘사하고, 그 작업을 하며 다빈치가 어떤 시도를 했고 어떻게 발전했는지, 그게 후대에 어떤 영향을 끼쳤는지 매끄럽게 설명합니다. 이 과정이 무척 흥미진진한 데다 글자도 크고 그림도 많아서 책장이 쑥쑥 넘어갔습니다.

고백하자면 이 책을 읽기 전까지 「모나리자」에 대해 '저 미소가 뭐가 신비롭다는 거지, 한국인은 저렇게 어정쩡하게 웃는 사람 많은데' 하고 시큰둥해했습니다. 그런데 다빈치가 시체를 해부해가며 인간 입술을 연구하고, 자신이 개발한 물감을 수십 번 덧칠해 빛이 여러 층에서 반사되도록 하고, 음영을 이용해 착시 효과를 일으켰다는 설명을 듣고 나니 그림이 달리 보이더군요.

무엇보다 흥미롭고 좋았던 것은 저자가 그리는 인간 다빈치의 초상입니다. 다빈치는 뭔가를 제대로 끝맺지 못하는

중도 포기자였고, 그래서 실패한 경험이 많았고, 늘 스스로를
이방인이자 별종이라고 여겼습니다. 당사자는 그런 사실에
괴로워했지만 그것이 오히려 예술적 자양분이 되었죠.
한편으로 그는 15세기 밀라노와 피렌체라는 특이한 시공간의
산물이었습니다. 책은 다빈치를 둘러싼 신화 상당수를
걷어내기도 합니다. 다빈치가 좌우 반전된 형태로 글자를 쓴
이유는 암호가 필요해서가 아니라 왼손잡이였던 그가 손에
잉크 묻는 걸 피하려고 그랬다는 식입니다.

다빈치의 창의력을 배우겠다는 다짐 따위 없이, 아는 것
많고 입담 좋은 가이드와 함께 르네상스 시기 이탈리아를
여행한다는 기분으로 '가볍게' 읽으면 가장 맛있을 책
아닐까요. 국내 번역서는 나오자마자 일주일 만에 1쇄를 다
팔았고, 2쇄와 3쇄도 일주일 간격으로 제작했다고 합니다.
반년 동안 6쇄를 찍으며 꾸준히 호응을 얻었는데, 이 정도면
다빈치의 명성이나 저자의 이름값을 넘어 책 자체의 힘이
발휘된 게 아닌가 싶습니다.

058

『히치콕』

—

패트릭 맥길리건 지음 | 윤철희 옮김 | 그책 | 2016[2003] | 1228쪽

그책 출판사에서 나온 패트릭 맥길리건의 1228쪽짜리 평전 『히치콕』은 우선 영화학도에게 필독서이겠지요. 징그러울 만치 상세해서, "히치콕의 모든 것이 여기 담겨 있다"라는 뒤표지의 홍보 문구가 과장으로 들리지 않습니다. 앨프리드 히치콕이라는 모순투성이 인물뿐 아니라 무성영화 시대부터 누벨바그까지 영화예술과 산업이 어떤 식으로 발전했는지도 살필 수 있습니다.

영화학도가 아닌 사람들에게는? 저는 젊은 예술가, 그리고 어느 분야든 진지한 태도로 장기적인 목표에 도전하겠다는 청년들에게 이 책을 권하고 싶습니다. 세상 길게 보고

타협하며 협상하는 법을 배울 수 있습니다. 당장 저부터 이 책을 읽으며 많은 용기를 얻었고 각오도 다졌습니다.

멀리서 보면 대중과 평단 양쪽을 사로잡은 거장이지만, 가까이에서 보는 히치콕의 삶은 끝없는 양보와 실망의 연속입니다. 그는 작품을 위해 제작자, 배우, 원작자, 검열 기관을 끊임없이 달래야 했어요. 문자 그대로 무릎을 꿇고 애걸한 적도 있더군요. 세상에. 그 히치콕이 자기 영화의 최종 편집권을 쉽게 얻지 못했고, 시원하게 진행된 프로젝트는 없고, 아카데미상 감독상은 끝내 받지 못했습니다.

그 에피소드들을 읽기만 하는 제가 약간 넌더리가 날 정도인데, 당사자인 히치콕은 '더러워서 그만둔다'고 하지 않았습니다. 처한 상황을 참고 버티며 얻을 수 있는 최대한을 얻으려 꾸역꾸역 밀고 당기기, 그게 길고 놀라운 창조성과 생산성의 비결이었네요. "예술영화를 만들기는 쉽다. 상업영화를 잘 만드는 것이 어렵다"는 유명한 말도 그런 마음가짐에서 나왔던 것 같습니다.

이 책은 한국에서는 2006년에 을유문화사의 '현대 예술의 거장' 시리즈로 처음 번역됐어요. 정상준 을유문화사 대표는 "시리즈에 들어갈 인물로 히치콕을 먼저 정한 뒤 그에 대한 책들을 찾았는데 맥길리건의 평전이 가장 좋았다"고 설명했습니다. 그때는 1376쪽짜리 하드커버였습니다.

개정판은 꼭 10년 뒤 그책 출판사에서 나왔는데, 이
개정판을 낸 것도 당시 을유문화사를 잠시 떠나 그책을 차려
일하던 정 대표였습니다(정 대표는 이후에 다시 을유문화사로
복귀합니다). 이 책에 대한 애정이 그만큼 컸다고 합니다.
개정판은 판형과 본문 디자인이 독특한데, 같은 책을 다시
내는 만큼 새로운 시도를 해보고 싶었다고 하네요. 개정판은
첫 번역본과 달리 하드커버가 아니고 오히려 겉표지가
속표지보다 부드러운데, 예민하고 상처 입은 예술가의 영혼을
표현하는 의미라고 합니다.

059

『스티브 잡스』

—

월터 아이작슨 지음 │ 안진환 옮김 │ 민음사 │ 2015[2011] │ 1116쪽

스티브 잡스가 세상을 떠난 직후 나온 전기 『스티브 잡스』는
출간되자마자 여러 나라에서 베스트셀러가 됐죠. 2021년,
잡스가 세상을 떠난 지 10년이 됐을 때 전기의 저자인 월터
아이작슨은 '10년이 지나고 나니 더 명료하게 이해할 수 있게
됐다'며 후기를 썼어요. 『스티브 잡스』를 한국에서 출간한
민음사는 그 글을 포함한 960쪽짜리 『스티브 잡스』
특별증보판을 냈습니다. 저작권사의 허가를 받아 한정 수량만
제작했다고 하네요.

이 특별증보판은 최신 아이폰의 세 가지 인기 색상을 적용한
보관용 케이스에 담아 판매했습니다. 보고 있자니 '참 예쁘게

잘 만들었다'는 감탄과 함께, 묘한 생각이 들더라고요. 정작 이 전기는 잡스가 만든 물건들과 매우 다르다는 겁니다. 두께 때문에 그런 생각이 들었나봐요. 애플 제품에는 모두 최대한 얇아지려는 의지가 깃들어 있는데, 이 책은 그렇지 않습니다.

애플 제품과 달리 이 전기의 저술 과정에는 어떤 혁신도 없죠. 반대로 놀랍도록 정석 그 자체입니다. 잡스를 포함해 수많은 업계 거물을 충실히 인터뷰하고 내용을 정리했습니다. 잡스는 제품을 과감히 규정하고 많은 것을 대담하게 버렸지만 책은 그렇지 않습니다. 선택과 집중, 그리고 센세이션이라는 면에서 대니 보일의 영화「스티브 잡스」야말로 애플 제품을 닮았다는 생각이 듭니다.

그렇게 애플 제품과 다른 점들이 바로 이 전기의 뛰어난 점입니다. 잡스는 어떤 사람인가요? 저자의 평가는 퍽 조심스럽습니다. 이후에 쓴 『레오나르도 다빈치』 같은 책과 비교하면 그 신중함이 더 두드러집니다. 이거 보세요, 아주 매력적인 모순덩어리죠? 여러분은 어떻게 소화하시겠습니까? 그렇게 묻는 것 같습니다.

제가 이해하는 잡스는 본받을 만한 인물은 아닙니다. 아이폰이 소아마비 백신이나 3점식 안전벨트에 견줄 수 있는 발명 같지도 않고요. 하지만 잡스의 일대기는 흥분을 불러일으킵니다. 모든 시스템이 촘촘해지고 개인은

왜소해지는 시대에, 잡스는 평범한 우리가 꾸는 꿈, 현대인이
잃어버린 신화입니다. 홀로 운명에 맞서 기어이 자기 뜻대로
세상을 바꾸는 사람 말입니다.

웃기는 이야기는 덤덤하게, 무거운 이야기는 가볍게. 제가
믿는 스토리텔링의 철칙입니다. 독자를 흥분시키는 이야기는
차분하게 써야죠. 바로 그렇게 잘 쓴 책이고, 저는 애플
제품보다 이 전기가 더 흥분되네요.

060

『찰스 다윈의 비글호 항해기』

—

찰스 로버트 다윈 지음 | 장순근 옮김 | 리잼 | 2013[1839] | 912쪽

제목은 다들 들어봤지만 막상 읽은 사람은 별로 없는 책의 목록을 만들면 상당히 윗부분에 찰스 다윈의『종의 기원』이 있겠지요? 저도 읽지 못했는데, 솔직히 엄두가 안 납니다. 책장이 쉽게 넘어가지 않는 책으로 정평이 나 있습니다. 이정모 펭귄각종과학관장은 한 칼럼에서 애정 어린 어투로 "세상에서 가장 지루한 과학책"이라고 부르시더군요.

이정모 관장은『종의 기원』대신『찰스 다윈의 비글호 항해기』를 권하는데, 후자라면 저도 자신 있게 추천할 수 있습니다. 180여 년 전에 출간된, 번역본 기준으로 900쪽이 넘어가는 분량임에도 불구하고 아주 술술 읽힙니다. 과학

고전임을 의식하지 않고, 여행 에세이라고 여기고 펼쳐도 좋을
정도예요.

사실 호기심 많고 지적인 20대 청년이 5년 동안 배를 타고
세계여행을 하며 쓴 일기가 재미없으면 이상하죠. 지진과
쓰나미, 식인 풍습을 설명하는 원주민과의 대화, 구리광산
광부들의 극도로 위험한 삶, 조난당한 선원, 인광燐光으로
빛나는 밤바다, 뒷다리를 쳐든 채 꽁꽁 얼어 죽은 말 등등
신기한 이야기로 가득합니다.

게다가 다윈은 글을 무척 잘 썼습니다. 읽다보면 저자의
초상이 점점 더 뚜렷해지고, 거기서 깊은 호감이 생깁니다.
청년 다윈은 감탄을 구체적으로 잘합니다. 자신에게 일어나는
일들을 기쁘고 감사하게 받아들이고요. 유머 감각도 좋습니다.
등은 검고 배는 새빨간 두꺼비를 묘사하면서 "이 두꺼비에
이름이 없다면 '악마'라고 부르면 딱 맞을 것 같다"고 적는
식이에요. 젠체하지 않고, 주눅들지도 않고, 다양한 계층의
사람들과 잘 어울립니다. 그러면서 노예제에 거듭 분노하고,
처음 보는 동식물을 연구합니다.

그리고 물론, 진화론이라는 위대한 아이디어의 싹이 트는
모습도 볼 수 있습니다. 갈라파고스 제도에 가기 전에 이미
다윈은 소의 한 품종이 가뭄에 매우 불리해지는 현상을 상세히
기록했습니다. 다른 소들은 나뭇가지를 뜯어먹고 연명할 수

있지만 문제의 품종은 입술 구조가 긴 풀을 먹는 데에만
적합했던 거예요. 옆에서 '적자생존'이라고 속삭여주고 싶은
기분이 들죠.

　『찰스 다윈의 비글호 항해기』는 저한테는 여행 충동을 가장
불러일으킨 책이기도 합니다. 젊은 다윈은 외딴곳에서
대자연을 보며 얻는 장엄한 감동에 대해 썼습니다. 파타고니아
평원, 바다로 흘러내리는 빙하, 남반구의 별밤……. 제가,
어쩌면 현대인 모두가, 놓치고 사는 게 많다는 생각을 합니다.

061

『애거서 크리스티 자서전』

—

애거서 크리스티 지음 | 김시현 옮김 | 황금가지 | 2014[1977] | 808쪽

애거서 크리스티 좋아하세요? 저는 아주 좋아합니다. 크리스티가 인류 문명이 지속되는 한 계속해서 읽힐 불멸의 작품을, 한 편도 아니고 수십 편 이상 남긴 위대한 거장이라고 진심으로 믿습니다. 그런데『애거서 크리스티 자서전』만큼은 상당히 당혹스러운 책이에요. 이 위대한 소설가가 어떻게 글을 썼으며, 문학이 뭐라고 여겼는지 알고 싶다는 마음으로 책을 펴들면 곧 어리둥절해집니다. 그런 내용이 없는 건 아닌데, 비중이 무척 적어요.

전체 808쪽인 이 자서전에서 '추리소설을 써야겠다'는 결심은 315쪽에 이르러서야 나옵니다. 그 앞까지는 즐거운

"

유년 시절, 가족, 여행, 연애, 결혼의 추억 이야기입니다. 딱 입담 좋은 할머니의 수다를 듣는 기분이에요. 19세기에 태어난 이 할머니는 속이 아주 단단하세요. 인생과 결혼, 교육에 대해 자신만의 견해가 확고합니다. 살인범에게는 사형이 마땅하다며 목소리를 높이시지요.

315쪽 이후에도 여행, 친구, 딸, 두 번째 남편 이야기가 창작 과정보다 훨씬 더 길게 서술됩니다. 반면 집필에 대한 크리스티의 태도는 알면 알수록 팬으로서 맥이 빠집니다. 첫 작품을 발표하고는 "설마 책을 더 쓰게 될 줄은 꿈에도 몰랐다"고 하십니다. 소설을 애써 성취해야 할 대상으로 여기지 않았다고, 글 쓰는 것은 바로 돈이 되어 좋았다고 하시네요. 마플 양을 어떻게 창조했는지 기억이 희미하고, 그렇게 성공한 캐릭터가 될 줄도 예상하지 못했다는 고백에 이르면 감탄을 해야 할지 화를 내야 할지 모르겠습니다. 그냥 천재였나보죠?

제가 권유하는 이 책의 독서법은 다음과 같습니다. 저자가 위대한 소설가임을 잊고 읽으세요. 그러면 세상과의 불화, 내면의 갈등, 창작의 고통이 나오지 않는다고 불평할 이유도 사라집니다. 대신 사랑하는 이들에게 둘러싸여 모험과 유머가 가득한 삶을 아주 재미있게, 또 주체적으로 살았던 여인을 보게 됩니다. 자기 인생에 대해 "나는 원하는 것을 했다. 여행을 한 것이다"라고 멋지게 선언하는.

누군들 그렇게 살고 싶지 않겠습니까. 책장을 덮고는 삶을
재미있게 만드는 요소들에 대해 오래 생각했습니다. 물론
불행하면 재미없지만, 행복이 끝없이 이어진다고 재미있는
삶도 아닌 듯합니다.

062

『메디치 가문 이야기』

—

G. F. 영 지음 │ 이길상 옮김 │ 현대지성 │ 2017[1910] │ 768쪽

넷플릭스는 고사하고 비디오테이프 플레이어도 없던 어린 시절, 가족이 함께 본 드라마 중에 「조선왕조 오백년」이 있었습니다. 부모님이 시청을 북돋운 유일한 TV 프로그램이기도 했죠. 역사를 배운다거나 심각한 교훈을 얻는다는 생각 없이, 권력을 둘러싼 군상극이 재미있어서 봤어요. "이 손 안에 있소이다" 같은 유명한 대사가 아직도 기억이 납니다. 유자광을 연기했던 변희봉 배우의 대사였죠.

G. F. 영의 저작 『메디치 가문 이야기』는 「조선왕조 오백년」과 흡사한 책입니다. 15세기 초부터 18세기 중엽까지 이탈리아 피렌체에서 강력한 영향력을 행사한 메디치 가문의

흥망을 상세히 그립니다. 르네상스와 종교개혁이라는 굵직한 사건들이 일어났던 시기이니 재미없을 리가 없겠죠? 다빈치, 미켈란젤로, 마키아벨리 같은 유명 인사들까지 조연으로 등장합니다.

권력자가 존경을 얻는 길, 명문가를 일구는 비결, 문화예술 후원, 노블레스 오블리주 같은 사항들을 염두에 두고 읽어도 물론 좋습니다. 그러나 교훈을 찾겠다는 강박 없이, 역사 드라마를 보듯이 즐기기에도 충분합니다. 그런 면에서는 반듯한 선조들을 찬양하는 분위기인 전반부보다, 개인적인 흠결이 있거나 시대의 한계에 부딪혔던 후손들이 나오는 후반부가 더 재미있습니다.

저자는 남자들뿐 아니라 카테리나 스포르차, 안나 마리아 루도비카 같은 메디치가 여인들의 삶도 비중 있게 다룹니다. 특히 프랑스 왕비가 된 카테리나 데 메디치는 남녀를 통틀어 이 책에서 가장 길고 깊이 있게 묘사되는 인물로, 전체 768쪽 중 100쪽 넘는 분량이 그녀 얘기입니다. 종교전쟁 시기, 거듭되는 위기를 헤쳐나가며 섭정으로 훌륭한 정치를 펼쳤으나 인기는 없었고 개인사도 불운했던 여인입니다. 이 부분만 따로 떼어 읽어도 흥미진진한 평전으로 손색이 없습니다.

이 책은 한국에서는 1997년 '메디치'라는 제목으로 처음

번역 출간됐어요. 박명곤 현대지성 대표가 해외 서점에서 읽고
수입을 결정했다고 합니다. 2017년 표지와 본문 디자인을
바꾸고 교정도 새로 작업한 개정판을 내면서 제목을 '메디치
가문 이야기'로 변경했다고 하네요. 박지성 대표는 "1만 부
이상 팔리며 꾸준히 사랑받은 책"이라고 설명했습니다.

『4 3 2 1』1, 2

—

폴 오스터 지음 | 김현우 옮김 | 열린책들 | 2023[2017] | 1권 808쪽 | 2권 744쪽

평행우주는 뻔하지만 매력적인 소재이지요. 우리 모두 잠 안 오는 밤에 '그때 다른 선택을 했더라면 어떻게 됐을까' 하는 문제를 고민하잖아요. 유능한 작가라면 평행우주라는 아이디어로 같은 설정을 변주하는 재미를 주면서 자유의지나 정체성 같은 철학적인 질문을 거기에 실을 수도 있습니다.

폴 오스터는 이 아이디어로 번역서 기준 1권 808쪽, 2권 744쪽인 긴 장편소설을 썼습니다. 제목은 '4 3 2 1'. 같은 날 같은 부모 아래 태어난 아치 퍼거슨 네 명의 삶이 번갈아 서술됩니다. 그들은 비슷한 듯 다르게, 다른 듯 비슷하게 살아요. 한 퍼거슨이 죽고, 남은 퍼거슨 세 명의 이야기가

번갈아 서술됩니다. 또 한 명이 죽고, 남은 두 명의 이야기가
번갈아 이어집니다. 그러다 또 한 명이 죽고 마지막에는 한
명만 남습니다.

두께만 봐도 예사롭지 않은 문학적 야심이 담긴 작품임을 알
수 있죠. 기묘한 설명이지만 『4 3 2 1』은 평행우주를 활용한
자전적 소설입니다. 네 명의 퍼거슨은 1947년 3월에 미국
뉴저지주 뉴어크에서 태어났는데, 오스터는 1947년 2월에
뉴어크에서 태어났습니다. 그리고 퍼거슨들이 걷는 삶의
경로는 글 쓰는 일로 수렴하려는 듯 보입니다. 잠 안 오는 밤에
고민하던 질문에 노년이 된 소설가가 '다른 선택을 했더라도
나는 결국 작가가 됐을 거야'라고 답하는 것 같습니다.

결말에 이르러 오스터는 소설 안에서 친절하게 해설합니다.
세 명의 다른 자신을 만들고 진짜 자기 이야기와 함께
전했다고, 하지만 자기 이야기 역시 허구화했다고. 그래도
작가의 어떤 구체적인 경험이 어느 퍼거슨에게 스며들었는지
독자가 분간하기는 어렵습니다. 모든 이야기가 작가의 삶을
반영하는 것으로 다가오며, 그 결과 역설적이게도 개별 퍼거슨
한 사람의 삶은 덜 중요해집니다. 평행우주 이야기에는 늘
그런 약점이 있습니다. 우리 우주의 유일무이함이라는 가치가
필연적으로 훼손됩니다.

제게는 아마도 오스터가 의도하지 않았을 주제가 이 소설에

대한 가장 큰 감상으로 남았습니다. 인간은 삶을 이야기로 파악하려 합니다. 실제로 일어난 일과 일어나지 않은 가능성까지 포함해서 말입니다. 하지만 죽음은 그 모든 서사를 끝장냅니다. 그것도 때로는 예고 없이, 갑작스럽게요. 사람이 오는 순서는 있어도 가는 순서는 없네요. 그럼에도 다시, 인간은 이야기라는 도구로 삶을 재구성해 사멸에 맞섭니다. 『4 3 2 1』의 내용과 집필 동기 양쪽 모두에 해당되는 문장이 아닌가 합니다.

『불을 가지고 노는 소녀』,
『벌집을 발로 찬 소녀』

—

스티그 라르손 지음 | 임호경 옮김 | 문학동네 | 2017[2006/2007] | 784쪽/856쪽

세계적 베스트셀러인『밀레니엄: 여자를 증오한 남자들』의
마지막 페이지를 저는 다소 당혹스러운 마음으로 덮었어요.
탐정 역할인 미카엘 블롬크비스트가 그토록 심혈을 기울이며
쫓았던 수수께끼의 진상은 허무했고, 조연인 여성 해커
리스베트 살란데르의 성격이나 능력은 뭐랄까, 만화
같았습니다.

그래서 속편인『밀레니엄: 불을 가지고 노는 소녀』와
『밀레니엄: 벌집을 발로 찬 소녀』는 한동안 집어들지 않았어요.
속편들은 1편보다 더 두껍기도 했죠. 688쪽인『여자를 증오한
남자들』은 제 기준에서는 벽돌책이 아니고, 784쪽인『불을

가지고 노는 소녀』와 856쪽인『벌집을 발로 찬 소녀』는 벽돌책이네요.

　뒤늦게『불을 가지고 노는 소녀』를 읽으며 제가 밀레니엄 시리즈의 장르와 주인공을 착각했음을 깨달았습니다. 밀레니엄 3부작은 추리물이 아니라 슈퍼히어로 카테고리에 속하는 시리즈였고, 주인공은 미카엘이 아니라 리스베트더군요. 리스베트가 상대해야 하는 슈퍼 악당도, 슈퍼 악당의 주먹 역할을 하는 중간 보스도 2부에서 본격적으로 등장합니다. 슈퍼히어로물의 공식대로 리스베트와 슈퍼 악당은 질긴 인연으로 묶여 있죠.

　슈퍼히어로물의 재미는 리얼리티나 복잡한 퍼즐 풀기에 있지 않습니다. 그보다는 독자나 관객이 히어로와 자신을 얼마나 동일시할 수 있느냐에 달려 있죠. 그래서 주인공의 약점과 숙적의 상징성이 중요합니다. 보는 이가 '나도 저게 콤플렉스인데! 나도 저들이 진저리나게 미운데!' 하고 속으로 크게 외칠수록 성공합니다. 그런 의미에서 슈퍼히어로 프랜차이즈는 늘 그 시대 대중의 집단적인 분노와 공포를 반영합니다.

　리스베트의 약점은 몸이 왜소하다는 것, 그리고 사회적 관계를 맺지 못한다는 것입니다. 후자가 좀더 치명적이죠. 리스베트의 적들은 깊은 곳에서 국가 시스템을 움직이는

‘여자를 우습게 보는 남자들’입니다.『불을 가지고 노는
소녀』와『벌집을 발로 찬 소녀』는 슈퍼히어로물의 범위 안에서
적당한 개연성과 사실성을 갖췄습니다. 그 장르의 쾌감도
확실히 전해주고요. 그러니 관건은 ‘리스베트의 약점과 분노에
독자가 얼마나 공명하느냐’겠네요. 열광하면 그녀의 폭행,
절도, 협박, 살인미수를 다 눈감아 줄 수 있게 됩니다. 저요?
저는 제법 산뜻한 기분으로 밀레니엄 시리즈 2, 3권을
마쳤답니다.

『일리움』, 『올림포스』

—

댄 시먼즈 지음 ｜ 유인선 옮김 ｜ 베가북스 ｜ 2007[2003] ｜ 942쪽
댄 시먼즈 지음 ｜ 김수연 옮김 ｜ 베가북스 ｜ 2009[2005] ｜ 1088쪽

토머스 호켄베리 박사는 미국 인디애나대학 고전학과 학장이고, 전문 분야는 호메로스의 『일리아스』입니다. 그는 2006년 암으로 사망하는데, 수천 년 뒤 부활합니다……. 트로이 전쟁이 한창인 고대 그리스를 꼭 빼닮은 세상에서.

그를 부활시킨 건 올림포스의 신들입니다. 이 세계에는 아폴론, 아테나, 아프로디테와 같은 신들이 정말로 있고, 호켄베리 박사는 그들을 위해 종군기자 비슷한 역할을 맡게 됩니다. 그런데 그리스 신들의 초능력은 아무래도 나노테크놀로지를 비롯한 미래 과학의 산물인 것 같고, 그 신들은 『일리아스』의 내용을 알기는커녕 글자도 읽지

못합니다.

댄 시먼즈의 대작 SF 소설『일리움』의 도입부입니다. 이 책에는 세 가지 이야기가 번갈아 나오는데, 그중 하나가 이렇게 시작합니다.

두 번째는 자신들이 하늘에 있는 '후기-인류'의 보살핌을 받고 있다고 믿는 '고전-인류'의 얘기입니다. 이들은 순간이동장치로 세계 곳곳에서 화려한 파티를 즐기며 소일합니다. 질병도 노화도 없는 낙원 같은 세상입니다. 세 번째 이야기에서는 화성이 갑자기 지구화한 것을 의아하게 여긴 목성의 유기체有機體 로봇들이 탐사를 떠납니다. 이 로봇들은 마르셀 프루스트와 셰익스피어 애호가들이기도 합니다.

두 번째와 세 번째 이야기는 셰익스피어의 희곡 『템페스트』로 연결되며, 세 이야기는 중반부터 한데 섞입니다. 아킬레스와 오디세우스의 모험 사이에 마법사 프로스페로와 괴물 캘리반이 끼어드는 식이에요. '도대체 이런 세계가 어떻게 가능하단 말인가'라는 질문이 바로 작품의 핵심 미스터리입니다.

가볍고 정신없는 패러디로 떠올릴지도 모르겠습니다만 책의 분위기는 정반대입니다. '인간성이란, 문학이란 무엇인가'라는 주제를 담은 묵직한 소설이에요. 실제로도

무겁습니다. 1부에 해당되는『일리움』은 942쪽, 2부인
『올림포스』는 1088쪽이고, 두 권 모두 하드커버라 합하면
무게가 3킬로그램이 넘습니다.

읽다보면 어쩔 수 없이 로저 젤라즈니를 떠올리게 됩니다.
신화와 SF를 결합한다는 아이디어, 교양을 현란하게 과시하는
스타일, 미국식 유머와 마초스러운 분위기, 폭력성과 선정성이
두 작가의 공통점입니다. 댄 시먼즈가 덜 우아할지는
모르겠습니다. 그러나 적어도『일리움-올림포스』는 각각
그리스와 인도 신화를 소재로 삼은 젤라즈니의『내 이름은
콘래드』나『신들의 사회』보다 야심이 훨씬 더 큽니다.

원래 벽돌책들은 모두 야심작이죠. 소설과 비소설에 다
해당되는 얘기입니다. 야심작에는, 깔끔하고 완벽한 소품에는
없는 박력이 있습니다. 그 힘을 맛보려고 벽돌책을 찾아
읽습니다.『일리움』과『올림포스』의 박력으로 말할 것 같으면,
분노한 제우스가 내리치는 천둥 수준입니다.

069

『은하수를 여행하는 히치하이커를 위한 안내서』

—

더글러스 애덤스 지음 | 김선형·권진아 옮김 | 책세상 | 2005[1982] | 1236쪽

더글러스 애덤스의 『은하수를 여행하는 히치하이커를 위한 안내서』는 평양냉면 같은 책입니다. 이 소설에 대해 몇십 분이고 수다를 쏟아낼 수 있는 열혈 팬들이 있습니다. 반면 '나는 뭐가 재미있는지 모르겠던데' 하고 고개를 갸웃하는 사람도 꽤 있습니다. 그래서 추천하기가 다소 조심스러워집니다. 취향을 타는 책입니다. 제 취향이냐고요? 저는 평양냉면 좋아합니다.

게다가 이 작품의 재미가 시치미를 뚝 떼고 현란하고 능청스럽게 풀어놓는 유머에 있기 때문에 이걸 제대로 소개하기가 지극히 까다롭습니다. 이 SF 소설의 우주적 농담은

혼자 읽을 때는 배꼽 빠질 듯 웃기지만 그걸 남에게 설명하기가 참 어려워요. 원래 농담이라는 게 그렇지 않은가요. 특히 복잡하고 지적인 농담일수록.

"진짜 유머가 끝내준다니까! 타임머신을 타고 우주 종말 직전의 미래로 갈 수 있다고 상상해보라고. 그러면 거기 종말을 구경하려는 관광객들이 모여 있겠지? 자기 종교의 예언이 실현되는지 확인하려는 교인들도 와 있을 테고 말이야!" 이런 말을 한참 떠들면 상대는 어김없이 '얘는 왜 흥분해서 지 혼자 웃고 난리야' 하는 표정으로 저를 바라봅니다.

그런데 때로는 농담으로만 닿을 수 있는 진실도 있습니다. 너무 단순하고 심오한 질문의 답은 태양처럼 맨눈으로 똑바로 볼 수 없고, 농담으로만 간신히 가늠할 수 있는 것 같네요. 예를 들어 하느님이 우리에게 전하는 마지막 메시지가 있다면 무엇일까, 하는 것.『은하수를 여행하는 히치하이커를 위한 안내서』에 따르면 그 메시지는 어느 먼 행성의 산맥에 큼지막하게 적혀 있습니다. 내용이 궁금하신 분은 책으로 확인해보시기를요. 읽어보면 '그래, 이거야' 하고 수긍하게 됩니다.

이 책은 국내에 모두 여섯 권이 번역됐는데, 마지막 6권은 애덤스가 사망한 뒤 다른 작가가 집필했습니다. 낱권으로도

판매하지만 애덤스가 쓴 원래의 1~5권은 합본판으로 구입할
수도 있습니다. 1236쪽에 무게가 1.68킬로그램인, 그 자체로
약간 농담 같은 책입니다. 도대체 이걸 어떻게 들고 다니나
싶은데 의외로 이 합본판이 인기가 좋아서, 2005년 출간 이후
3만 부 이상 팔렸다고 합니다. 3년간 판매 수치는 합본판이
시리즈 1권보다 오히려 더 높다고 해요. 카페 책장에 꽂혀
있으면 어울리기도 하고, 폼도 꽤 나더군요.

070

『크로스로드』

—

조너선 프랜즌 지음 | 강동혁 옮김 | 은행나무 | 2021[2021] | 872쪽

"한 가족이 있어요. 목사님 집안이에요. 아버지가 '나 이렇게 힘들어' 하는 이야기가 1장이에요. 2장은 둘째 아들이 '나 이렇게 힘들어' 하는 이야기예요. 3장에서는 첫째 딸이, 4장에서는 첫째 아들이, 5장에서는 어머니가, 6장에서는 다시 아버지 이야기가 나와요. 그런 식으로 쭉 진행돼요. 배경은 1970년대 미국이고요."

조너선 프랜즌의 872쪽짜리 소설 『크로스로드』를 독서모임 회원들과 함께 읽었습니다. 먼저 진도를 나간 제게 다른 회원이 책 소개를 부탁했고, 저는 저렇게 설명했습니다. 그리고 덧붙였죠. "진짜 우울해요. 읽다보면 마음이 아주 한없이

가라앉아요. 그런데 정말 재미있고 이거 걸작 아닐까 싶어요."

그런 감상은 마지막 페이지를 덮을 때까지도 이어졌습니다. 후반부가 더 흥미진진했고, 중반까지 품고 있던 우려도 결말에 이르러 완전히 사라졌어요. 저는 모든 인물이 서로에게 악영향을 주며 함께 몰락하는 기하학적이고 가학적인 구조를 작가가 짜놓지 않았을까 두려웠거든요. 기우였습니다. 그렇다고 해피엔딩이라는 말은 아니지만요.

『크로스로드』는 잘 짜인 구조나 치밀한 심리 묘사 이상의 소설입니다. 이 작품은 뭔가 거대한 것을 이야기합니다. 삶, 가족, 현대, 붕괴 같은 것들을. 그래서 1년도 채 되지 않는 기간에 걸친 서민층 가족의 서사임에도 불구하고 묵직한 대하소설 같은 기분이 듭니다. 그 '거대한 것들'을 계속 고민하게끔 독자를 이끕니다. 삶이란, 가족이란 뭘까요. 현대는 어떤 곳인가요. 우리는 왜 불행한가요.

후속편에서는 그 질문들에 대한 답이 나올까요. 『크로스로드』는 그 자체로 완결성 있게 마무리되는 소설이지만, 3부작의 첫 작품이기도 합니다. 1959년생인 저자는 필생의 역작을 남긴다는 기분으로 이 연작을 준비한 듯합니다.

2부와 3부는 미국에서도 아직 나오지 않았지만 은행나무 출판사는 3부작 모두 번역서를 자신들이 펴낼 예정이라고

밝혔습니다. 담당 편집자는『크로스로드』번역서를 만들며
등장인물의 나이와 호칭, 사건들의 날짜를 한국 기준으로
계산하고 확인하느라 꽤 애를 먹었다고 하네요.

071

『순수』

—

조너선 프랜즌 지음 | 공보경 옮김 | 은행나무 | 2018[2015] | 828쪽

자기 이름을 '핍'이라 소개하는 우리 주인공의 본명은
'퓨리티(순수)'. 씩씩하고 똑똑한 젊은 여성이지만 되는 일은
하나도 없습니다. 텔레마케팅 회사는 도무지 못 다니겠고,
유부남을 짝사랑하고 있고, 제대로 된 집도 없고, 떨어져 사는
어머니는 좋게 표현해서 괴짜인데 핍의 친아버지가 누구인지
절대로 말하려들지 않습니다.

그러던 어느 날 핍은 위키리크스와 비슷한 무정부주의 해킹
집단을 이끄는, 줄리언 어산지와 비슷한 사내로부터 기묘한
초대장을 받습니다. 어라, 인턴 자리를 제안하고 싶다네요?
'젊은 여자들 불러서 재미 보려는 속셈인 거 아니까 썩 꺼져'

하고 답장을 보냈는데 그런 거 아니랍니다. 태도도 정중합니다. 아버지를 찾는 일을 도와달라는 조건으로 핍이 제안을 받아들일 즈음 독자들도 눈치챘을 터인데, 그렇습니다. 핍에게는 어마어마한 출생의 비밀이 있습니다.

그리고 핍이라는 주인공의 이름을 들었을 때 고전문학에 조예가 있는 독자들은 이미 알아차렸을 터인데, 그렇습니다. 조너선 프랜즌의 소설 『순수』는 찰스 디킨스의 『위대한 유산』을 곳곳에서 노골적으로 인용합니다. 디킨스의 소설을 21세기에 조금 차갑게 다시 쓰면 이렇게 될까요? 선량한 주인공의 수난과 성장, 뒤틀렸지만 아주 매력적인 조연 캐릭터들, 뜻밖의 전개와 흡인력.

"나는 평생 문학을 연구해온 사람이라 인간 심리에 대해 조금은 안다고 자부해. 내가 보기에 ○○○은 너에게 맞지 않는 여자고 걔도 그걸 알아."

전체 828쪽인 이 소설이 80퍼센트가 넘어갔을 때 나오는 대사입니다. 『순수』가 프랜즌의 대표작으로 남을 것 같지는 않고, 그가 심오한 메시지를 고민하면서 이 작품을 쓴 것 같지도 않습니다. 인터넷과 정보 공개에 대한 고찰이 간혹 나오기는 하지만 제게는 저 위의 대사가 이 소설의 핵심으로 다가왔어요. 저자의 의도였건 아니건 간에.

맞지 않는 사람과 사랑에 빠지거나 가족이 될 때, 우리는

어떻게 해야 할까요? 뒤틀린 인물의 내면에 대한 깊이 있는
묘사를 문학을 통해 접하게 되면 정말 인간에 대한 이해도
깊어질까요? 책 뒤표지에 나온 근엄한 해외 서평들에
주눅들지 말고 그저 재미있게 읽어주시기를!

072

『굶주린 길』

—

벤 오크리 지음 | 장재영 옮김 | 문학과지성사 | 2014[1991] | 748쪽

산 것과 죽은 것들 사이에 혼령의 세계가 있습니다. 태어나고 싶어하는 혼령은 없습니다. 삶의 세계에서는 존재의 협소함과 무지, 채워지지 않는 욕망, 끝없는 부당함, 어지러운 사랑, 죽음을 겪어내야 하기 때문입니다. 그래서 혼령 아이들은 만약 태어나게 되더라도 될 수 있는 한 빨리 혼령의 세계로 돌아오겠다고 약속합니다.

나이지리아 소설가 벤 오크리의 장편소설 『굶주린 길』은 이러한 세계관을 소개하며 시작합니다. 주인공 아자로도 태어나기를 원치 않았던 혼령 아이입니다. 하지만 자기 어머니가 된 여인을 위해 계속 살아가기로 합니다. 맹세를

어긴 소년에게 혼령 친구들이 찾아오고, 아자로는 기이한
일들을 겪습니다.

'신비한 능력을 지닌 소년이 두 세계에 걸쳐 살면서,
사랑하는 이들과 함께 초자연적인 위기 상황들을 이겨낸다'고
적으면 어떤 분들은 해리 포터를 떠올릴지도 모르겠어요.
『굶주린 길』은 그렇게 단정하지도, 밝지도 않습니다. 주인공뿐
아니라 작품 전체가 현실과 환상 사이에 놓여 있습니다.
현실과 환상 양쪽 모두 한편으로 달뜨고, 다른 한편으로
구슬퍼요.

한국 독자들에게 아프리카 민담의 정서는 익숙하고도 낯설
듯합니다. 동아시아에서도 밤은 강력하지만, 낮 아래 있죠.
한국의 귀신은 생전의 한에 연연하며, 도술을 부리는 동물들이
인간의 삶을 동경합니다. 『굶주린 길』의 밤은 낮 아래 있지
않습니다. 이곳에서 밤과 낮은, 서로 대화하며 하나의 거대한
꿈이 됩니다.

번역본으로 748쪽에 이르는 이야기는 뒤로 가면서 권투
선수이자 정치인이 되는 아자로 아버지의 비중이 커집니다.
거기에도 의미를 부여할 수 있겠지만 독자로서는 아자로의
이야기를 계속 듣고 싶었네요. 부패하고 혼란스러운
아프리카의 정치 현실을 비판하는 듯싶지만 그 또한 환상이
섞여 있습니다. 아자로 아버지의 투쟁과 이상주의도 너무

괴상해서 아자로와 읽는 이를 두렵게 합니다.

오크리는 30대 초반에 발표한 이 소설이 부커상을 받으면서 세계적인 작가로 떠올랐습니다. 어린 시절 참혹한 나이지리아 내전과 정치적 혼란을 겪은 그는 현실과 환상이 뒤섞인 이 작품에 대해 "내가 본 현실을 전통적인 문학 기법으로 묘사하기 힘들다는 것을 깨달았다"고 설명했습니다. 오크리는 '서양의 리얼리티는 하나의 구성물일 뿐'이라고 주장하는데, 저는 이제 우리는 모두 서양인이라는 생각도 들더군요. 쉽지 않지만 매혹적인 작품입니다.

073

『다윈 영의 악의 기원』

—

박지리 지음 | 사계절 | 2016 | 856쪽

비밀을 품고 살았던 은둔의 예술가들이 있습니다. 비비안 마이어는 보모와 가정부로 일하며 수십만 장이나 되는 사진을 찍었지만 생전에 발표하지 않았습니다. 헨리 다거는 병원 잡역부로 일하며 1만5000페이지가 넘는 방대한 서사시를 쓰고 삽화 수백 장을 몰래 그렸습니다. 그런 종류의 낯설고 집요한 창조성이 있는 것 같습니다.

고故 박지리 작가에 대해 우리는 잘 모릅니다. 그는 다른 작가들과 어울리지 않았고, 인터뷰와 행사를 피했습니다. 출판사의 전화나 이메일에도 몇 달씩 답하지 않곤 했습니다. 856쪽짜리 소설을 내면서 '작가의 말' 쓰기를 거부했고, 책이 나오고 8일 뒤 세상을 떠났습니다. 31세였습니다.

그 작품 『다윈 영의 악의 기원』은 아주 낯설고 집요한 소설입니다. 한 줄로 요약하면 '출신 지역에 따른 신분제가 엄격히 유지되는 가상세계에서, 엘리트 학교에 다니는 십대 주인공이 과거의 살인 사건을 추적한다'는 내용입니다. 그러나 『헝거 게임』 유의 영어덜트 SF를 떠올리면 곤란합니다. 설정은 비슷할지 몰라도 이야기는 그 문법에서 한참 멉니다.

모험극이라기보다는 사변소설이며, 분위기는 대단히 어둡습니다. 3대에 걸친 악惡의 기원을 쫓아 심연으로 향하는 주인공의 뒤를 독자들이 고통스럽게 따라 걷게 만듭니다. 청소년 소설로 분류하기도, 성장소설이라고 부르기도 망설여집니다. '현실 비판, 사회 비판'이라는 전천후 독법에도 썩 들어맞지 않습니다. 그리고 그런 해설 없이도 그 자체로 강렬합니다.

책의 정서적, 물리적 무게도 그렇거니와, 영미식 이름을 한 등장인물들, 과거인지 미래인지 모를 모호한 시대 배경, 독자의 호오가 뚜렷이 갈릴 결말 같은 요소들은 '최근 한국 소설 트렌드'에 정면으로 맞섭니다. 돌연변이 같지요. 이런 괴물 같은 소설을 무슨 계기로 어떻게 쓴 건지, 어떤 의도가 있었는지 너무나 궁금합니다.

사계절 출판사의 김태희 팀장은 "작가에게 그런 질문을

던지면 거의 대답하지 않았고 가끔 '그냥요'라고만 했다"고
전했습니다. 젊고 재능 있는 예술가가 스스로 생을 마감한
이유도 끝내 수수께끼로 남았습니다.

　박지리 작가는 스물다섯 살부터 6년 동안 한 사람이 쓴 게
맞나 싶을 정도로 다양한 색깔의 장편소설 네 편과 단편 한
편을 냈습니다. 그 글을 모두 사계절 출판사에서 김 팀장을
통해 발표했습니다. 출판사와 편집부는 작가를 진심으로
아꼈고, 고인에게 누를 끼칠까 염려해 출간 직후에는 『다윈
영의 악의 기원』을 충분히 홍보하지 못했다고 합니다.

　제가 이 서평을 쓴 것은 『다윈 영의 악의 기원』이 나온
이듬해인 2017년이었습니다. 당시 글은 "늦었지만 이런
칼럼을 통해서라도 흔치 않은 작품이 자신을 알아봐줄 독자를
더 만나면 좋겠다. 고인의 유작 『3차 면접에서 돌발 행동을
보인 MAN에 관하여』는 곧 출간될 예정이다"라는 문장으로
마무리했어요. 사계절 출판사는 『3차 면접에서 돌발 행동을
보인 MAN에 관하여』를 2017년에 냈고, 이후에 박 작가를
기념하며 박지리문학상을 제정했습니다. 『다윈 영의 악의
기원』도 많은 독자를 얻고 한국과 일본에서 뮤지컬로 제작되어
무대에도 올라갔습니다.

074

『게스트』

—

세라 워터스 지음 | 김지현 옮김 | 자음과모음 | 2016[2014] | 740쪽

동성애가 가혹하게 배척되는 시대에 두 젊은 여인이 갑작스럽게 사랑에 빠집니다. 성애 묘사가 무척 관능적이면서도 아름답습니다. 그런 그들을 둘러싸고 범죄가 벌어지는데, 이들은 경찰의 도움을 요청할 수 없는 처지입니다. 일은 점점 꼬이고, 이 연인들은 범죄의 진상을 놓고 서로를 불신하게 됩니다…….

세라 워터스의 대표작 『핑거스미스』에 대한 설명이기도 하고, 지금 소개하려는 『게스트』에 대한 설명이기도 합니다. 두 책 모두 한국어판 기준으로 700쪽이 넘어가는 두툼한 분량이지만 시간 가는 줄 모르고 읽게 되며, 여성과

성소수자가 받는 차별을 말하고, 배경이 되는 사회 풍경 묘사가 손에 잡힐 듯 생생합니다.

두 작품 사이에 차이점도 있습니다. 『게스트』는 『핑거스미스』처럼 현란하게 플롯을 꼬아놓지는 않았고, 이야기의 호흡도 느려요. 『핑거스미스』처럼 반전이 촘촘히 들어 있는 화끈한 서스펜스를 기대하고 집어들었다간 실망할 수도 있습니다. 범죄가 발생하는 것도 이야기가 한참 진행되고 나서입니다. 『게스트』는 추리물이라기보다는 흡인력 있는 드라마이며, 인물들의 고통에 좀더 집중합니다.

이 소설의 연인들은 『핑거스미스』의 주인공들과 달리 강단이 있지도 않고, 야무지지도 않습니다. 행동도 부족합니다. 그만큼 그들을 둘러싼 상황이 더 절망적으로 다가옵니다. 『게스트』의 연인들은 『핑거스미스』의 주인공들보다 더 좌절하고 더 두려워합니다. 거기에 공감하고 몰입하는 데 독자의 성적 지향은 아무 상관이 없습니다. 그들의 죄와 그에 합당한 벌에 대한 고민은 끝내 해결하지 못하더라도.

『핑거스미스』처럼 휘몰아치는 이야기가 아니어서 문장들에 더 여유가 있었던 걸까요, 좀더 현대에 가까운 시대가 배경이어서일까요. 제1차 세계대전 직후 영국 사회를 살아가는 갑남을녀들의 좌절과 공허함도 잘 전달됩니다. 많은 이가 가족을 잃었고, 전쟁터에서 돌아온 군인들은 일자리가

없어 울분에 차 있습니다. 경제난 속에 희망은 보이지 않고,
특히 여성은 독립하기 어렵습니다. 책장을 덮을 때에는 주인공
연인들뿐 아니라 살아남은 모든 등장인물을 응원하고
싶어졌네요.

075

『최악』

—

오쿠다 히데오 지음 ｜ 양윤옥 옮김 ｜ 북스토리 ｜ 2017[1999] ｜ 736쪽

얼마 전 '내 인생 최악의 실패, 최고의 교훈'이라는 주제로 짧은 에세이를 한 편 청탁받았습니다. 어떤 상황을 가리켜 '인생의 최악'이라고 불러야 하는 걸까요. 머리를 긁적이며 원고를 쓰는 동안 오쿠다 히데오의 736쪽짜리 소설 『최악』을 몇 번 떠올렸습니다.

『최악』의 주인공은 세 명입니다. 작은 철공소를 운영하는 가와타니 신지로, 은행의 젊은 여성 직원 후지사키 미도리, 그리고 대책 없이 사는 건달 노무라 가즈야입니다. 엄청난 악인도 아니지만, 그렇다고 마냥 선량하지도 않은, 내세울 것 없고 명민하지도 못한 인물들입니다.

이들의 처지는 위태위태합니다. 신지로는 불황과 주민 민원에 시달리고, 미도리는 직장에서 성추행을 당하며, 가즈야는 절도를 저질렀다가 야쿠자에게 협박당하는 신세가 됩니다. 세 사람은 그런 처지를 타개하려고 안간힘을 쓰는데 그럴수록 상황은 점점 더 나빠지기만 해요. 끈끈이에 달라붙은 곤충처럼. 그리고 그들은 서로 만납니다.

읽기 힘들고 불편한데 책장에서 눈을 뗄 수 없는 책들을 간혹 대합니다. 그 책들에 대해 '재미있다, 가독성 높다, 흡인력 있다'는 표현은 적절치 않게 느껴집니다. 『최악』에 대해서는 뭐라고 말해야 할까요? 사람을 하늘에서 내려다보며 괴롭히는 가학적 쾌감을 주는 작품은 아닙니다. 훈훈하지는 않지만 매정하지도 않습니다.

읽는 내내 파토스를 느꼈습니다. 그래, 인간이 이렇지, 우리 다 어리석지, 절박하면 다 이렇게 앞을 제대로 못 보게 되지…… 이런 이야기라도 인물들이 막판에 갑자기 절묘한 기지를 발휘하고 행운이 받쳐줘서 마술 같은 해피엔딩으로 끝나는 게 좋을까요? 아니면 완전한 절망, 지독한 파국으로 마치는 게 옳을까요? 스포일러가 될 수 있으니 더 적지는 않을게요.

다만 이 책을 읽으며 얻은 깨달음 하나는 밝혀도 괜찮지 싶습니다. 누군가 한 명언 중에 '행복은 목표가 아니라 과정'이라는 말이 있지요. 최악 역시 마찬가지인 것 같습니다. 그것은 과정입니다. '더 나빠질 수 있다'는 불안과 두려움입니다. 그토록 겁내던 것이 막상 현실이 되면, 우린 대개 적응합니다. 어쩌면 거기서부터는 좋아질 일만 남는 건지도 모릅니다.

2008년 처음 번역서가 나온 이 책은 이후로 표지와 판형을 바꾸며 독자의 사랑을 꾸준히 받았습니다. 개정판을 두 차례 내면서도 출판사는 분권은 한 번도 고려하지 않았다고 하네요. 개인적으로는 초판의 코믹한 표지보다 책의 분위기를 잘 담은 지금의 표지가 훨씬 더 마음에 듭니다.

076

『망내인』

—

찬호께이 지음 │ 강초아 옮김 │ 한스미디어 │ 2023[2017] │ 712쪽

인정할 점은 인정하고 시작할게요. 홍콩 추리소설가 찬호께이의 장편소설 『망내인』은 작가의 대표작 『13.67』에 못 미칩니다. 『망내인』이 수준 미달이어서가 아니고, 『13.67』이 워낙 뛰어나서 그렇습니다. 『13.67』에 감명받아 『망내인』을 집어든 독자들은 어쩔 수 없이 두 작품을 비교하게 될 텐데, 전자에 비해 후자는 다소 이야기가 헐겁고 캐릭터들이 피상적입니다. 신분을 감추고 은둔 중인 천재 해결사 해커라는 설정이 너무 편리하고, 실감이 잘 안 나지요.

하지만 『13.67』을 잊고 『망내인』만 본다면 엔터테인먼트 소설로서 손색이 없고 주제의식도 단단합니다. 사건과

인물들을 소개하는 초반만 넘어가면 이 712쪽짜리 책을
손에서 놓기가 어렵습니다. 한국 제작사가 판권을 사들여 OTT
드라마로 만드는 중이라는 얘기도 들리네요. 연출은 김지운
감독이 맡는다고 들었습니다. 바로 위 문단에서 실감에 대한
쓴소리를 적었지만 찬호께이는 대학에서 컴퓨터과학을
공부했고 IT 기업에서 프로그래머로 일하기도 했습니다. 소설
속 묘사가 허황되게 들릴 정도는 아니라는 말씀.

제목에서 짐작할 수 있다시피 인터넷의 문제점을 정면으로
다루는 소설입니다. 악플에 시달리던 한 소녀가 자살합니다.
언니는 그 죽음을 납득할 수가 없습니다. 악플의 근원을
찾다보니 동생 주변의 누군가가 악의를 품고 계획한 공작처럼
느껴집니다. 하지만 경찰은 '범인'을 찾아도 처벌하기 어려울
테니 포기하라고 합니다……. 한국 사회에서도 그대로 통할
이야기 아닌가요.

소설에는 '네트워크에 사로잡힌 사람들'이라는 부제가
있습니다. 『망내인』은 현대인이 인터넷에 사로잡히는 두 가지
방식을 섬뜩하게 보여줍니다. 인터넷을 통해 경제활동,
사회활동을 하면서 거대하고 정교한 감시 체제 아래 놓이는
것이 첫째입니다. 둘째는 우리 정신이 인터넷을 새로운 현실로
받아들이고 있고, 거기서 오가는 말들에 휘둘리며 심지어
집착한다는 것입니다. 그런데 사람들은 인터넷에서 훨씬 더

무책임하게 말합니다. 그 말들을 조작하기도 쉽습니다. 어떻게 해야 할까요. 우리 시대의 사회파 추리소설이 던지는 묵직한 질문입니다.

077

『화석맨』

—

커밋 패티슨 지음 | 윤신영 옮김 | 김영사 | 2022[2020] | 700쪽

1970년대생인 저는 학교에서 태양계의 행성은 아홉 개라고 배웠습니다. 공룡은 파충류라고, 아메리카 대륙에 가장 먼저 도착한 유럽인은 콜럼버스라고,『설공찬전』은 전해지지 않는다고 배웠죠. 모두 틀린 말이 됐네요. 연구 결과가 쌓이면서 새로운 학설이 나오고, 기존 정설이 뒤집힙니다. 지식을 업데이트하지 않으면 나중엔 상식이 모자란 사람이 됩니다.

특히 고인류학계에서는 제가 20세기에 배웠던 '상식'이 거의 다 사라진 것 같습니다. 네안데르탈인은 우리 조상이 아니라 친척이었습니다. 사람속屬에는 현생 인류와 네안데르탈인

외에도 다른 종, 혹은 아종이 많았던 걸로 밝혀졌습니다.
유명한 화석 루시는 인류의 조상이기는 하지만 더 이상
'최초의 인류'라고 불리지는 않습니다. 아프리카가 과연 인류의
요람이었는지에 대해서는 치열한 논쟁이 진행 중입니다.

어느 학계에서 통설이 이렇게 자주 바뀐다는 것은 혁신적인
연구 결과가 그만큼 쏟아진다는 얘기입니다. 야심 있는
연구자들이 치열하게 경쟁 중이라는 뜻이기도 합니다. 기자
출신 작가 커밋 패틴슨의『화석맨』은 그중에서도 가장
드라마틱한 소재를 골라 소설처럼 풀어낸 논픽션입니다. 일명
'아르디'라고 부르는 아르디피테쿠스 라미두스 화석
이야기예요.

1994년에 발견된 이 440만 년 전 고인류의 화석은
고인류학계의 기존 이론들과 도무지 맞지 않았습니다.
연구팀은 그 폭발력을 즉각 알아차렸죠. 오랜 정설들을 뒤엎고
학계에 자신들의 이름을 길이 남길 기회가 그들의 눈앞에
있었습니다. 그 과정에서 거센 반발은 당연히 각오해야 할 터.

여기까지만 해도 흥미진진한 서사의 재료인데 거기에
캐릭터성 강한 인물들까지 가세합니다. 아르디 연구팀을 이끈
학자는 고집 세고 호전적인 완벽주의자 팀 화이트였고,
라이벌들도 성깔 있는 이들이었습니다. 이 학계의 분위기가
원래 그렇다고 합니다. 터프한 학자들이 활동한 에티오피아의

발굴 현장 역시 독사와 전갈, 총성이 끊이지 않는 터프한
장소였습니다.

　그래서 아르디가 흔든 고인류학계의 기존 통설이 뭐냐고요.
책을 읽으며 상식을 업데이트해보세요. 짧은 소개 글로 '엥?
인류가 이렇게 진화한 게 아니라고?' 하는 놀라움의 순간을
빼앗으면 안 될 것 같아서요. 700쪽이 그리 길지 않습니다.
'사람 이야기'는 늘 재미있는 법이잖아요.

6장

모듈형 벽돌책들의 매력

모듈형 벽돌책에서는 끊임없이
새로운 화제가 제공되는 것 같아도,
실은 동일한 문제의식 안에서 일어나는
장면 전환입니다.
같은 질문을 다른 방향으로 여러 차례 마주하면서,
생각이 흩어지는 게 아니라 천천히 넓어집니다.

사이먼 반즈의 『100가지 동물로 읽는 세계사』는 제목 그대로인 책입니다. 728쪽에 걸쳐 100가지 동물과 그 동물에 얽힌 세계사를 소개합니다. 인터뷰집 『일』에서 저자인 스터즈 터클은 133명을 만나 그들의 일에 대해 묻고 답한 내용을 880쪽짜리 책에 옮겼습니다. 『엄마가 날 죽였고, 아빠가 날 먹었네』에는 동화를 모티프로 삼은 단편소설 41편이 실려 있는데, 책 전체 분량은 824쪽입니다.

이런 책들은 각 챕터가 독립적이고 병렬적이어서, 앞에서 다룬 내용을 이해해야만 뒷부분을 읽을 수 있는 구조가 아니죠. 완독하지 않고 반절만 읽는다 해도 책이 전하려는 메시지는 대강 얻을 수 있습니다.

그렇다면 이런 벽돌책에도 '최소한의 분량을 요구하는 크고 복잡한 생각'이 담겼을까요? 50가지 동물에 얽힌 세계사를 소개하는 364쪽짜리 책이나, 직업인 67명의 인터뷰가 담긴 440쪽짜리 책, 혹은 단편소설 21편이 실린 소설집을 읽으면서는 얻을 수 없는 경험을 위의 벽돌책 세 권은 독자에게 선사할까요?

첫 번째 질문에 대해서는 조금 머뭇거리면서 '아니오'라고 답하겠습니다. 두 번째 질문에 대해서는 자신 있게 '네'라고 답할 수 있습니다.

이런 벽돌책을 저 혼자서 '모듈형 벽돌책'이라고 불러요.

'병렬식 벽돌책' '조립식 벽돌책'보다 더 멋있게 들리는 것 같네요. 이런 책들에서는 커다란 논증은 없지만, 사례가 되는 이야기들이 풍성하게 이어집니다. 때로 잡학사전식 구성일 때도 있지요. 모듈형 벽돌책은 독자에게 무엇을 생각하라고 지시하지는 않습니다. 다만 어떤 문제를 충분히 오래 생각할 수 있는 환경을 제공합니다.

—

고백하자면 이런 책들을 꽤 좋아하는 편이에요. 특히 전자책으로 많이 읽습니다.

뇌가 지치면 가벼운 볼거리, 읽을거리를 찾게 되죠. 인터넷 시대가 되면서 그런 '스낵 정보'들이 넘쳐나게 됐습니다. 20세기에 가공식품이 갑자기 많아진 것과 흡사하죠. 현대인은 가공식품에 중독된 것처럼, 그런 스낵 정보들에 중독되어 있습니다. 쉴 새 없이 스마트폰으로 소셜미디어와 커뮤니티 게시판, 뉴스 사이트, 숏폼 플랫폼에 접속합니다. 자칫하면 짧은 동영상이나 시시껄렁한 사연들, 자극적이기만 한 뉴스들을 한 시간이고 두 시간이고 멍하니 보기 십상입니다(저만 그런 건 아니죠?).

그런 걸 많이 접해봤자 지식이나 통찰은 쌓이지 않고 뇌만

피곤해집니다. 알고 있는데 끊기가 참 어려워요. 이것도 가공식품과 비슷하네요. 저는 그런 스낵 정보들이 당길 때 모듈형 벽돌책을 집어들려고 합니다. 휴대폰에 이런 벽돌책을 전자책으로 늘 한 권 정도 저장해놓고 있어요.

모듈형 벽돌책의 개별 글들은 짧고, 완결되어 있으며, 엄청나게 집중해서 읽지는 않아도 됩니다. 하지만 언어는 정제되어 있고 정보의 질은 높지요. 뇌를 완전히 끄는 것도 아니고, 과도하게 몰아붙이지도 않네요. 저 같은 활자 중독자에게 좋은 간식 같은 존재입니다.

이런 벽돌책 독서에는 일단 안 좋은 간식—숏폼 동영상과 소셜미디어—을 피하는 효과가 있습니다. 그리고 구체적이고 치열한 논증은 없다 하더라도 저자나 편집자가 정한 큰 주제는 있기 때문에, 이 책들을 옆에 두거나 들고 다니는 기간에 그 문제의식과 세계관을 반복해서 접하게 됩니다. 웹서핑을 하는 것과는 완전히 다른 경험입니다. 완독 후에는 그 테마에 대한 생각이 분명히 한 덩어리 남으니까요.

개별 글을 읽을 때는 느끼지 못했던 층위의 생각들이 독서 중에 자연스럽게 형성됩니다. 웹서핑을 하거나 짧은 동영상을 볼 때도 이런 일이 간간이 발생하기는 합니다. 틱톡을 보다가 K-팝 최신 트렌드나 더 나아가 시대의 분위기 같은 것은 감지할 수도 있겠지요. 하지만 소셜미디어나 숏폼 콘텐츠

플랫폼에서 우리 시선은 대개 자극에서 자극으로 점프하기에
일관성 있는 생각을 하기 어렵습니다.

반면 모듈형 벽돌책에서는 끊임없이 새로운 화제가
제공되는 것 같아도, 실은 동일한 문제의식 안에서 일어나는
장면 전환입니다. 동물은 인간과 어떤 관계를 맺고 있는가,
좋은 직업이란 무엇일까, 고전 동화의 힘은 어디에서 나오는
걸까. 띄엄띄엄하게라도 그런 주제를 한 달 남짓 동안 혼자
꾸준히 생각하기는 쉽지 않습니다.

모듈형 벽돌책 독서를 선승으로부터 화두를 받고, 그 화두에
관한 가르침을 수십 일에 걸쳐 조금씩 듣는 일에 빗댈 수도
있을 것 같습니다. 그 기간에 독자는 자신이 받은 화두를
다양한 각도에서 검토하게 되지요.

같은 질문을 다른 방향으로 여러 차례 마주하면서, 생각이
흩어지는 게 아니라 천천히 넓어집니다. 야생동물조차
인간에게 복잡한 영향을 준다는 사실을 깨치고, 이른 은퇴의
장단점을 고찰해보고, 세상에 과연 잔혹한 이야기가
필요한지도 고민하게 됩니다. 알고리즘이 추천하는 숏폼
동영상을 아무리 많이 봐도 경험할 수 없는 현상입니다.

출판사들의 선택과 안목 덕분에 벽돌책이 더 흡족하게 다가오는 것 같다는 이야기를 3장에서 했지요. 높은 제작비를 감당할 가치가 있는 기획만 출판 과정에서 살아남았을 거라고요.

모듈형 벽돌책에 대해서는 출판사의 필터 역할을 더 강조할 수 있겠습니다. 모듈형 벽돌책들은 대개 장기 기획의 결과물입니다. 전문 편집자들이 어느 수준 이상이 되는 필자를 모으거나, 오랜 기간 연재된 글 중에서 주제에 맞고 '품질'이 좋은 원고를 골라 엮고 다듬습니다. 모듈형 벽돌책 자체가 해당 분야에서 상당히 괜찮은 큐레이션인 셈입니다.

개인적으로는 모듈형 벽돌책을 주의력 결핍 시대의 해법으로 여기고 있습니다. 정보 과잉, 정보 파편화 시대에 두꺼운 책의 성취감과 얇은 책의 경쾌함을 함께 얻을 수 있는 믿을 만한 읽을거리입니다. 전자책으로 읽으면 무게를 걱정하지 않아도 되고요. 아주 좋은 지적 간식 아닌가요?

곁에 두고 심심할 때 읽으면 좋은
모듈형 벽돌책들

모듈형 벽돌책은 진입 장벽이 낮고, 공부하듯이 치열하게 읽을 필요도 없습니다. 그런 만큼 집어들 때에는 평소에 큰 관심이 없었던 분야, 흥미롭게 보이지 않았던 분야에도 눈길을 주시면 어떨까 권해봅니다. 영 안 맞는다 싶으면 끝까지 다 읽을 필요도 없으니까요.

박람회장에 놀러 왔다는 기분으로 펼쳐보시면 어떨까요. 뜻밖의 발견을 하게 될 수도 있습니다. 진한 감동이나 카타르시스는 없더라도 완독하고 나면 '이 분야에 한동안 머물렀다'는 느낌이 남아, 해당 주제가 좀더 친숙하게 다가오기도 합니다.

제가 몰랐던 주제와 교제하게 해주고, 간간이 그런 발견의
기쁨까지 줬던 모듈형 벽돌책 열일곱 권을 소개합니다.

078

『일』

—

스터즈 터클 지음 | 노승영 옮김 | 이매진 | 2007[1974] | 880쪽

스터즈 터클의 『일』은 사뭇 감동적인 인터뷰집입니다.
분량은 880쪽이나 되지만 콘셉트는 간단합니다. 퓰리처상
수상 작가인 터클은 직업인 133명을 만나 그들의 일에 대해
자세히 듣고 글로 옮겼습니다. 만난 사람은 다양했어요. 농부,
기업 최고 경영인, 환경미화원, 가톨릭 신부, 용접공, 요트
중개상, 야구 선수, 홍보 전문가, 모델, 교수, 경찰, 웨이트리스,
회계사, 택시 기사, 재즈 뮤지션…… 심지어 성매매 여성도
있습니다.

그 많은 직업과 삶에 대해 읽다보면 그 다채로움에도
불구하고 거기에 몇 가지 공통점이 있음을 발견하게 됩니다.

하나는 ‘세상에 쉬운 일은 없다’는 점입니다. 어떤 업계건 복잡한 세부 사항과 의외의 난관이 가득합니다. 그리고 업계 종사자는 거기에 감정적으로 반응하게 됩니다. 신문 배달 소년조차 제멋대로인 배급소와 요금을 납부하지 않는 고객, 신문 도둑, 맹견으로 골치를 썩고 “배달을 하면서 사람과 개를 미워하는 법을 배웠다”고 고백합니다.

다음으로 알게 되는 것은, 사람은 존경과 의미도 돈만큼이나 절실히 원한다는 사실입니다. 자기 일이 만족스럽다는 전문직 종사자는 돈이 아니라 자존감과 보람을 말합니다. 자기 일에 불만족이라는 일용직 노동자 역시 돈이 아니라 주변의 무시와 보람 없음을 토로합니다. 많은 이가 돈을 위해 무의미를, 혹은 의미를 위해 가난을 얼마나 견뎌내야 하는지 고민합니다. “일을 훌륭히 해내면 영혼이 편안해진다”는 중장비 기사가 있고 “사람을 온전히 담을 만큼 큰 직업은 없다”는 편집자도 있습니다.

깊은 감정을 품고, 주변 세계의 평가를 재평가하고, 내적인 가치를 찾아내고자 분투하면서 사람들은 모두 얼마간 철학자가 되더라고요. ‘현장의 철학’이 생활 언어로 표현되는 순간은 감탄스럽습니다. 콜걸은 “사람은 수도꼭지처럼 열었다 닫았다 할 수 있는 존재가 아니다”라는 통찰을 들려줍니다. 어떤 인터뷰는 그 자체로 짧은 소설 같은 드라마입니다.

경찰관 출신 2년차 소방관이 자신이 전직轉職한 이유를
설명하는 편이 한 예입니다.

　한국어로 번역된 터클의 책 네 권이 모두 이매진 출판사에서
나왔습니다. 이 출판사는 터클처럼 생생한 증언을 바탕으로 한
국내 저자의 논픽션도 의욕적으로 펴내고 있습니다. 정철수
이매진 대표는 "한국에서는 논픽션 작가와 독자층이 모두 얇아
아쉽다"며 "터클의 자서전을 출간한 뒤 본격적으로 국내
작가들의 인터뷰 책을 낼 계획"이라고 말씀하시더군요.

079

『교양』

—

디트리히 슈바니츠 지음 | 인성기 옮김 | 들녘 | 2001[1999] | 768쪽

독일 인문학자 디트리히 슈바니츠가 세상을 떠난 지 20년이 넘었군요. 한국 언론에 부고 기사가 실릴 정도의 세계적 작가였는데, 최근 10년 새 그의 이름이나 대표작 『교양』을 언급하는 사람을 본 적이 없어 아쉽습니다. 사실 요즘은 교양이라는 일반명사 자체가 서먹하게 들립니다. 다들 젊고 발랄하게 보이는 데 골몰하느라 '학문, 지식, 사회생활을 바탕으로 이루어지는 품위'(국어사전에 나온 교양의 뜻풀이)는 제쳐둔 것 아닌지.

2026년에 슈바니츠의 『교양』을 추천하는 데 딱 하나 마음에 걸리는 게 있습니다. 표지에 적힌 부제, '사람이 알아야 할 모든

것'이라는 문구입니다. 이 책을 읽는다고 '사람이 알아야 할
모든 것'을 다 알게 되는 건 당연히 아닙니다. 독일에서 책이
출간된 1999년에도 그랬고요. 번역서 기준 768쪽인 이 책에서
564쪽까지인 1부에는 '20세기 유럽 지식인이 알아야 할 모든
것' 정도의 부제가 적당할 듯해요. 물론 이 1부도 읽으면
유익합니다. 유럽의 역사와 예술, 철학을 통찰력 있게,
재치까지 곁들여 설명합니다.

하지만 핵심은 565쪽부터입니다. '능력'이라는 제목의 2부에
부제를 붙인다면 '교양인들이 알아야 할 모든 것은 어떻게
정해지는가' 정도가 좋겠습니다. 슈바니츠의 재치는 여기서
신랄함의 경지에 이릅니다. 교양이란 뭘까요? 슈바니츠는
교육받았다는 인상을 풍기기 위해 벌이는 사회적 게임이며
일종의 유희라고 대답합니다.

교양은 예능 프로그램에 대해서는 몰라도 되지만 반 고흐에
대해서는 모르면 안 된다고 생각하는 사람들의 사교 클럽이고,
필독 정전 몇십 권을 모시는 신앙 공동체입니다. 그 클럽의
회원들 사이에는 내연기관의 작동 원리는 몰라도 되지만
셰익스피어를 비난하면 안 된다는 식의 복잡하고 부조리한
금기와 규칙이 있습니다. 그들은 그 규칙에 따라 축구 선수가
공을 차듯 대화를 주고받습니다. "문화사는 궁극적으로는
구조주의의 헤겔주의화 아닙니까?" 따위의 같잖은 헛소리

앞에서도 대처 요령이 있다니까요.

즉 교양은 단순한 지식이 아닙니다. "정신의 몸, 그리고 문화가 함께 하나의 인격체가 되는 형식이며, 다른 사람들의 거울 속에 자기를 비추어보는" 의사소통 양식입니다. 여기에 참여하려면 자신이 아는 것과 모르는 것을 정리하고, 현대의 여러 사회적 구조물을 이해하며, 언어를 잘 다룰 줄 알아야 합니다. 한쪽에서는 교양을 꼰대들의 낡은 취향으로, 반대편에서는 자신을 치장하는 문화 자본쯤으로 인식하는 시대에 어울리지 않게 이 두툼한 책을 추천해봅니다.

080

『죽이는 책』

—

존 코널리·디클런 버크 엮음 | 김용언 옮김 | 책세상 | 2015[2012] | 816쪽

한 인터넷 서점의 서평집 프로젝트에 참여한 적이 있습니다. 제목은 '끝내주는 책'. 장르소설 애호가인 작가, 번역가, 편집자들이 자신이 사랑하는 작품에 대해 짧은 에세이를 한 편씩 쓰게 한 프로젝트였어요. 뒤늦게 고백하자면, 그거 쓸 때 꽤나 기합이 걸렸더랬습니다. 취향에서 글솜씨까지, 다른 필자들과 바로 비교가 될 테니까요. '내가 놀림감이 되는 건 괜찮지만, 내 인생의 소설이 무시당하는 건 참을 수 없다'는 비장한 각오로 임했어요.

나중에 결과물을 보니 다른 저자들 역시 나와 같은 심정이었음이 훤히 보여서 웃음이 났어요. 행간에 애정과

자존심, 자부심이 뚝뚝 묻어났습니다.

이 프로젝트의 규모와 수준을 확 넓히고 높여서, 지금 활동 중인 세계적인 추리소설가 100여 명에게 그들의 '인생 작품'에 대해 한 편씩 글을 써달라고 하면 어떨까요? 성사되기만 한다면 정말 굉장한 물건이 나올 것 같지 않은가요?

존 코널리와 디클런 버크가 엮은 『죽이는 책』이 바로 그런 물건입니다. 제프리 디버, 리 차일드, 요 네스뵈, 엘모어 레너드, 데니스 루헤인 등 그야말로 쟁쟁한 올스타 멤버 119명이 참여했습니다. 대가들이 차례로 연단에 올라 땀을 삘삘 흘리며, "여기 이 소설로 말씀드릴 거 같으면…… 몇 쪽만 읽어도 세상 근심걱정 싹 다 사라져버려! 내 말 믿고 한번 펼쳐봐!"라고 외치는 모습을 상상해보세요. 이런 구경거리를 놓쳐서야 되겠습니까. '읽고 쓰는 공동체'의 일원이고, 특히 추리소설을 좋아한다면 말이에요.

게다가 특급 작가들의 독서 에세이입니다. 당연하게도 문학이란 무엇이고 장르란 무엇인가, 여성 작가들의 이름은 어떻게 지워졌나, 나는 왜 소설가가 되었나, 작가와 작품은 분리해야 하는가와 같은 근사한 질문과 답변이 가득합니다.

아쉬운 점이 있다면, 『죽이는 책』이 소개하는 걸작 중 국내에 번역된 작품은 절반 남짓에 그친다는 사실입니다. 그런데 제게는 그것도 그렇게 나쁘진 않더군요. 아시는 분은 아시겠지만, 읽지 않은 책에 대한 서평을 읽는 일은 그것만의 묘미가 있습니다. 뭔가 보르헤스 소설 속에 들어온 기분도 들고요.

옮긴이는 격월간 『미스테리아』의 김용언 편집장(『끝내주는 책』 저자 중 한 분이세요)인데, 원고에 나오는 대상 작품의 과거 번역을 확인하려고 헌책방을 돌아다니며 절판된 구간들을 사 모았다고 하네요. 처음에는 출판사의 번역 청탁을 고사했다는 그는 "개인적인 욕심을 못 이기고 받아들였는데, 작업하다 정말 죽는 줄 알았다"며 웃습니다. '목숨과도 바꿀 만한 책들Books to die for'이라는 원제를 '죽이는 책'이라고 절묘하게 옮긴 것도 그의 아이디어입니다. 엄청 길고(816쪽), 각 나라의 고유명사가 무진장이고, 여러 문장가의 문체를 다 살려야 하니, '번역자를 죽이는 책'이기도 했을 듯하네요.

081

『기 드 모파상』

—

기 드 모파상 지음 ǀ 최정수 옮김 ǀ 현대문학 ǀ 2014 ǀ 808쪽

한때 소셜미디어 계정 프로필에 '맥주, 자전거, 아이러니를 좋아한다'고 적었더랬습니다. 맥주는 맛있고 시원해서, 자전거는 타면 즐거워서 좋아합니다. 아이러니는 왜 좋아하느냐. 다른 방식으로는 파악할 수 없는 삶과 세계에 대한 어떤 진실을 아이러니가 알려준다고 생각합니다. 그래서 거기에 끌립니다.

세상은 복잡합니다. 삶도 복잡합니다. 그 복잡함은 한 사람의 이해를 훌쩍 뛰어넘습니다. 인간은 논리를 세우고 모델을 만들지만 결국 인생도 세상도 우리의 공들인 전략을 비웃고 간절한 기대를 배신합니다. 성실한 자를 처벌하고,

노력하지 않은 사람에게 보상을 주고, 그래서 만사 포기하려는 순간 갑자기 선물을 안기기도 합니다.

현대문학에서 나온 『기 드 모파상』에는 모파상이 길지 않은 작품 활동 기간에 쏟아내다시피 하며 써낸 단편소설 300여 편 중 63편이 실려 있습니다. 대부분은 현대 기준으로는 단편이라기보다 엽편 쪽에 가까워요. 808쪽짜리 책에 63편이니까 편당 평균 길이는 12쪽 남짓이네요. 책 자체는 두껍지만 콩트집 읽듯 무겁지 않게 읽을 수 있습니다.

전쟁의 참혹함을 말하는 작품에서부터 괴기소설로 분류해야 할 단편까지 주제와 소재는 실로 다양한데, 그중에서도 저는 결말이 아이러니한 글들에 특히 매료됐습니다. 모파상은 아이러니의 대가입니다. 대단히 효율적으로 아이러니의 앞부분을 쌓아올리고 정확한 호흡으로 주인공과 독자를 낭패감에 빠뜨립니다. 그 낭패감은 세상 돌아가는 이치라 믿었던 생각이 틀려서일 수도 있고, 성실하고 선량하다고 믿어온 특정 인물이 실망스럽게 행동해서일 수도 있습니다.

기대와 실체의 괴리 앞에서 신념이나 태도를 바꾸는 사람들을 저자는 비웃는 걸까요. 모파상은 인간혐오자일까요? 「목걸이」 같은 단편을 여러 번 읽다보면 어느 순간에는 작가가 그런 속물성에서 벗어나기 힘든 우리네 삶에 덤덤히 연민을 보내는 것처럼 느껴지기도 합니다. 자연주의 작가로 불린 그는 그저 자기 눈에 보이는 대로 썼을 뿐인지도 모르겠습니다. 독서모임 멤버들과 함께 읽고 따뜻한 책이냐, 차가운 책이냐를 한참 이야기했어요. 토론은 즐거웠고 좀처럼 결론은 나지 않았습니다.

082

『작가란 무엇인가』

—

파리 리뷰 엮음 | 권승혁·김진아·김율희 옮김 | 다른 | 2019[2007] | 1504쪽

『파리 리뷰』는 아마 세계에서 가장 유명한 계간 문예지일 텐데요, 이름과 달리 본사는 미국 뉴욕에 있어요. 잡지에 실리는 글도 모두 영어 원고들입니다. 이 잡지는 특히 작가 인터뷰로 이름 높은데요, 풀네임을 다 적지 않아도 되는 문호文豪급 소설가 수백 명의 목소리를 실었습니다. 헤밍웨이, 포크너, 나보코프, 보르헤스, 하루키 등등. 인터뷰어로 나선 이들도 대부분 소설가라서, 문학계 선후배의 노하우 공유 자리를 엿보는 분위기입니다. 인터뷰 중 36편이 한국에서 『작가란 무엇인가』1, 2, 3권으로 출간됐고, 이걸 다 합친 1504쪽짜리 합본판도 나왔습니다.

소설가, 예비 소설가, 문학 독자들 중 이미 많은 분이
읽었거나 언젠가 읽을 책으로 꼽아놨으리라 짐작합니다. 저는
비문학 독자에게도 이 책을 추천합니다. 인터뷰 대상이 되는
소설가들의 작품을 한 편도 읽지 못했더라도 상관없습니다. 이
책을 통해 문학의 매력에 빠져보라는 권유가 아닙니다. 한
업계의 세계적인 장인들을 이만큼 모은 인터뷰집도, 그들에게
일의 정수를 이렇게 치열하게 캐물어 답변을 들은 보고서도
달리 못 봤기 때문입니다.

일종의 인류학 보고서라 여기고 이 책을 펼치면 어떤 점들이
보일까요? 일단 거장들은 자기 일에 대해 모르는 게 많으며,
그걸 부끄러워하지 않더군요. 오히려 자신들이 몸담은 업계가
그토록 크고 깊다는 데 경외심을 품는 듯합니다. 거장들은
그들이 아는 것조차 명료하게 설명하지 못하는데, 허세를
부리는 게 아닙니다. 그들의 노하우는 암묵지이고, 언어로
표현하기 어렵습니다. 그 지식을 얻기 위해서는 오랜 수련이
필요합니다.

그때 중요한 것은 재능이 아니라 자세입니다. 자신을
갈고닦는 과정에서 그들은 거의 영적인 체험도 합니다.
헤밍웨이는 매일 글쓰기를 마칠 때 "텅 빈 것 같으면서도 가득
찬 듯한 느낌"을 맛봤습니다. 레이먼드 카버는 「대성당」을
쓰면서 "이게 내 삶의 목적이야, 이것이 내가 이 일을 하는

이유야"라고 느꼈습니다. 설령 소설은 읽지 않더라도 탁월함을
추구하는 행위와 마음가짐이 서로 어떤 영향을 주고받는지
관심 있는 독자라면 틀림없이 얻어가는 바가 많을 겁니다.

083

『100가지 동물로 읽는 세계사』

—

사이먼 반즈 지음 │ 오수원 옮김 │ 현대지성 │ 2023[2020] │ 728쪽

잡학사전 유의 책들을 좋아해서 종종 읽는 편입니다. 그렇게 사이먼 반즈의 『100가지 동물로 읽는 세계사』를 집어들 때에는 이 책도 역사에 등장한 동물들에 얽힌 흥미로운 에피소드 모음집이겠거니 생각했어요. 미국에 정착한 유럽인들이 추수감사절에 칠면조를 먹게 된 사연이라든가, 누에나방과 전근대 비단 산업의 성장 같은 이야기들 말이죠.

728쪽짜리 이 두툼한 하드커버 서적은 그런 일화들을 담은 재미있는 읽을거리로서의 역할을 톡톡히 합니다. 한데 그 이상의 깊이도 듬뿍 담겨 있었고, 저는 책장을 넘기며 '역사에 등장한 동물들'이라는 생각 자체를 반성하게 되었습니다.

역사를 오직 인간들이 만들어가는 것으로, 동물들은 거기에 가끔 식재료나 산업의 도구로 등장한다고 여겼던 겁니다. 큰 착각이었습니다.

베테랑 저널리스트이자 환경운동가인 저자가 말하는 '세계사'는 인류의 역사보다 훨씬 더 큰 개념이더군요. 이 세계사에서 동물은 당당한 주역이고, 때로는 인간이 출현하기 전부터 지구의 모습에 어마어마한 영향을 미쳤습니다. 예를 들어 지렁이는 300만 년 전부터 토양을 비옥하게 만들었고, 그 덕분에 다른 육지 동식물들이 자랄 수 있었습니다. 책에서는 이렇게 설명합니다. '우리가 먹는 음식의 약 90퍼센트는 지렁이의 도움으로 얻은 것이다. 예외가 있다면 해산물과 수경 재배 작물 정도다.'

그럼에도 책이 처음부터 끝까지 초점을 맞추는, 목차에 없는 101번째 동물은 역시 인간입니다. 갑자기 큰 힘을 얻는 바람에 오만하고 무책임해진 종, 이제는 지렁이 이상으로 생태계에 영향을 미치는 종입니다. 책에는 인간이 멸종시킨 동물과 인간으로 인해 멸종 위기에 빠진 동물들이 숱하게 나옵니다.

다행히 인간은 지렁이와 달리 자신의 영향력을 자각합니다. 마지막 도도새를 죽일 때까지만 해도 인간은 어떤 동물이 멸종할 수 있다는 사실 자체를 몰랐습니다. 하지만 도도새와 마찬가지로 모리셔스 고유종인 분홍비둘기는 멸종을 가까스로

피할 수 있었습니다. 분홍비둘기의 서식지를 파괴한 것도,
그들의 멸종을 막은 것도 인간이었습니다. 기회는 아직
있습니다. 감상주의에 빠지지 않는 균형 잡힌 시선이 신뢰감을
줍니다.

084

『지독하게 인간적인 하루들』

—

마이클 파쿼 지음 | 박인균 옮김 | 추수밭 | 2018[2015] | 704쪽

1992년 1월 8일, 독감을 앓던 조지 W. 부시 미국 대통령은
TV로 중계되던 국빈 만찬 중 구토하며 쓰러졌습니다. 1938년
3월 1일, 제리 시걸과 조 슈스터는 자신이 창조한 슈퍼맨
캐릭터에 대한 모든 권리를 단돈 130달러에 팔았습니다.
미국의 첫 다섯 대통령 가운데 세 명이 공교롭게 미국
독립기념일인 7월 4일 사망했습니다. 존 애덤스와 토머스
제퍼슨은 1826년에, 제임스 먼로는 1831년에.

논픽션 작가 마이클 파쿼의 『지독하게 인간적인 하루들』은
704쪽을 이런 에피소드들로 가득 채워요. 당연하게도 1년 365일
모든 날이 누군가에게 최악의 하루 기념일입니다. 로마에서

순교자 텔레마코스가 검투 경기를 말리다 관중의 돌에 맞아 죽은 1월 1일부터(404년), 미국 정부가 산업용 알코올에 섞는 메틸알코올 양을 배로 늘려 밀주를 마시는 국민을 사실상 독살하겠다는 정책을 발표한 12월 31일까지(1926년).

읽으면서 인류애가 샘솟는 책은 아니지요. 저자는 어떤 인물이 겪은 불운을 냉소적으로 서술하고, 잘못된 결정을 내린 정부나 기업을 신랄하게 비판하고, 때로는 어떤 날 발생한 사건이 인류 전체에게 불운이었다고 선언합니다. 얄밉지만 고약한 재미가 있네요. 악명 높은 관찰 예능 프로그램「카다시안 가족 따라잡기」가 2007년 그날 방영을 시작했기 때문에 10월 14일은 최악의 날이라는 문장을 읽으면 어쩔 수 없이 피식 웃게 됩니다.

저자의 의도인지는 모르겠지만 그런 웃음 외에도 독서의 기묘한 순작용이 또 있었어요. 인간 사회에는 불운과 어리석음이 끊임없이 이어졌으며 우리 시대라고 예외일 수는 없음을 책장을 넘기는 동안 새삼 깨닫고 차분해졌습니다. 그런 마음가짐으로 하루하루를 보내고 싶군요. 제가 겪은 어떤 불운한 날도 수리남의 육상 선수 지그프리트 빔 에사자스의 9월 2일처럼 기가 막히지는 않았거든요. 1960년 수리남에서 처음으로 올림픽에 출전한 에사자스는 그날 경기 시간을 잘못 통보받아 뛰지 못했고 이후 45년 동안 '늦잠 자느라 대회를 놓쳤다'는 부당한 비난을 받았다고 합니다.

085

『오리지널 마인드』

—

엘리너 와크텔 지음 | 허진 옮김 | 엑스북스 | 2018[2003] | 720쪽

결론이 나지 않은 생각, 혹은 너무 거창한 주제에 대해서는 쉽사리 글로 쓰기 어렵습니다. 하지만 말로는 할 수 있을 때가 있죠. 좋은 대화 상대가 있으면 더 그렇고요. 그래서 때로 잘 만든 인터뷰집은 다른 저술에서는 찾기 힘든 통찰, 혹은 통찰이 만들어지는 과정을 담습니다. 그러면서 독자에게는 방대한 사상의 길잡이 역할을 하고, 멀게만 느껴졌던 석학들의 인간적인 면모도 보여줍니다.

물론 인터뷰어와 인터뷰이가 내공 있는 인물들일 때 가능한 얘기입니다. 당연한 소리겠지만 그래서 저는 인터뷰집을 집어들어 펼치기 전에는 인터뷰하는 사람이 누군지, 그가 만난

인사들이 누구인지 유심히 살핍니다.

그런 면에서 엘리너 와크텔의『오리지널 마인드』는 추천하기에 부끄럽지 않은 책입니다. 인터뷰이로는 제인 구달, 수전 손택, 조지 스타이너, 재레드 다이아몬드, 올리버 색스, 움베르토 에코, 놈 촘스키가 등장합니다. 노벨평화상 수상자인 데즈먼드 투투, 노벨경제학상 수상자 아마르티아 센도 인터뷰에 기꺼이 응했습니다.

캐나다의 문학평론가이자 라디오 방송 진행자인 와크텔은 장인과 같은 솜씨로 이들로부터 불꽃 튀는 답들을 이끌어냅니다. 하나하나 큼직한 화두를 던지는 이야기들이에요. 구달은 "곰곰 생각해보면 과학적 사고의 많은 부분이 무척 비논리적"이라고 말합니다. 스타이너는 "예술 비평은 삼류 학술 출판 산업이 됐다"며 환멸을 토로합니다. 다이아몬드는 인간 예술의 뿌리가 동물들의 짝짓기 전술에 있을 가능성을 점치고, 에코는 "'고급문화'와 대중문화는 같은 문화의 두 측면인데 양쪽에 모두 쓰레기가 있다"고 하네요.

『오리지널 마인드』를 비롯해 국내에 출간된 와크텔의 인터뷰집 네 권은 모두 엑스북스에서 나왔습니다. 엑스북스의 임유진 주간은 "평소 영미권 작가들의 인터뷰를 많이 보다보니 '최고의 인터뷰어'로 꼽히는 와크텔을 저절로 알게 됐다"고 설명합니다. 원고 분량도 많지만 다양한 분야의 전문가들을

깊이 다루는 내용이기에 번역 난도가 높아 역자와 출판사가
함께 고생했다고 하네요. 결과물은 바로 옆에서 듣는 대화처럼
자연스러우니, 독자로서는 감사할 따름입니다.

086

『뉴욕타임스 과학』

—

뉴욕타임스 엮음 | 민청기·방진이 옮김 | 열린과학 | 2018[2015] | 904쪽

어린 시절 제게 과학자들의 발견과 공학자들의 발명 이야기는 그저 감탄과 찬미의 대상이었어요. 이제는 그렇지 않죠. 과학의 성취가 사회에 늘 긍정적이기만 한 것인지 모르겠다는 생각을 합니다. 과학자들에 대해서도 인류 발전을 위해 헌신하는 숭고한 성자가 아니라, 다양하고 복잡한 욕망을 지닌 개인들로 바라보게 됐고요.

요즘은 무력감도 종종 느껴요. 과학기술이 제 삶에 미치는 영향은 갈수록 커지는데 저는 아주 초보적인 수준에서도 그 원리를 이해하지 못하는 경우가 대부분이라서요. 파급력에 대해서는 과학자들 스스로도 별로 아는 바가 없는 듯합니다.

다 같이 혼돈 속으로, 점점 더 빨리 달려가는 기분. 저 혼자만의
느낌일까요.

그런 생각을 하던 중 접한『뉴욕타임스 과학』은 대단히
흥미로운 책이었습니다. 904쪽짜리 이 양장본 도서는 제목
그대로『뉴욕타임스』에 실렸던 과학 기사 125편을 엮었어요.
기사의 최초 게재일은 19세기 중반이고요, 21세기 초엽까지의
뉴스가 나옵니다. 찰스 다윈의『종의 기원』출간 당시 서평도
있고 구글의 자율주행 자동차 시승 르포도 있네요.

일단 재미있습니다.『뉴욕타임스』과학 담당 기자들은
자신들이 뭔가 굉장히 중요한 역사적 사건의 목격자임을
알았어요. 투탕카멘 왕의 무덤 발견, 달 착륙, 가정용
텔레비전의 보급 가능성, 월드와이드웹 개발을 보도하는
기사에는 당시의 흥분과 전율이 생생히 담겨 있습니다.

동시에 헛다리도 꽤나 짚더라고요. 1919년
일반상대성이론이 증명됐을 때 그 함의를 설명하는 기사는
논조가 상당히 한가합니다. 보통 사람과는 관련 없는 문제라는
투입니다. 이듬해『뉴욕타임스』는 우주에서 로켓 추진은
불가능하다는 사설을 냈습니다. 하지만 트랜지스터 발명을
두고는 거대 산업의 토대가 될 거라고 정확히 예측했습니다.
에이즈 확산과 기후변화에 대한 꾸준한 관심과 보도에서는
과연『뉴욕타임스』, 하고 고개를 끄덕이게 됩니다.

여러 쪽에 걸친 필진의 약력이 인상적입니다. 퓰리처상 수상자가 수두룩하고, 현역 과학자, 의사, 대학 교수, 박물관장, 탐험가, 소설가도 있습니다. 한국 언론은 과학 기사와 논평에 얼마나 공을 기울이는지 궁금해집니다. 지금 가장 중대한 이슈인데요.

087

『진리의 발견』

—

마리아 포포바 지음 │ 지여울 옮김 │ 다른 │ 2020[2019] │ 840쪽

미처 몰랐어요. 『침묵의 봄』을 쓴 레이첼 카슨이 그토록 뜨거운 사랑을 했다는 사실을. 상대는 유부녀였고, 그때 카슨은 죽음을 눈앞에 두고 있었음을. 천왕성은 윌리엄 허셜 혼자가 아니라 허셜 남매의 공동 발견이며, 키가 130센티미터밖에 되지 않았던 여동생 캐럴라인은 온갖 차별 속에서도 혼자 새 혜성을 여덟 개나 찾아낸 위대한 천문학자였음을.

불가리아 출신 작가이자 문화비평가인 마리아 포포바의 『진리의 발견』을 읽는 내내 기분 좋게 당혹스러웠습니다. 제가 얼마나 여성 과학자와 작가, 특히 그중에서도 성소수자인 인물들의 삶과 업적에 무지했는지 깨닫는 독서여서 그런 면도

있었습니다. 한편으로는 이 책 뭐지, 싶은 독특한 구성과 진행 때문이기도 했습니다.

땅에서 멀리 떨어진 무언가를 열렬히 쫓고 고통스러워한 사람들의 감동적인 이야기이기는 한데, 그들을 뭐라 불러야 할지 적절한 단어가 생각나지 않아 간질간질하네요. 과학자만 모은 책도 아니고, 작가만 모은 책도 아닙니다. 여성과 성소수자를 중요하게 다루지만 그들만 다루지는 않습니다. 그 삶들을 특정 테마에 따라 깔끔하게 정렬하지도 않았고요.

책은 애초에 선별 기준과 순서 따위가 뭐가 중요하냐는 태도입니다. 한 사람을 이야기하다 과거나 미래의 인물로 훌쩍 건너뛰고, 다시 돌아오기를 거듭합니다. 평전이라고 해야 할까요, 에세이라고 해야 할까요. 어떤 경계 안에 자기 글을 가둘 생각이 없는 저자는 운문의 영역까지 호시탐탐 노리는 듯합니다. 어떤 부분은 끝까지 명쾌하지 않지만 그래서 독특하게 아름답습니다.

영어 원제는 'Figuring'입니다. 이 애매한 단어를 한국어로 어떻게 옮겨야 할까요. 한국 출판사가 바랐던 번역 제목은 '전복자들'이었다고 해요. 하지만 표지 디자인과 관련해서도 구체적인 지시를 내린 저자는 한국 출판사에 단어의 뉘앙스를 꼼꼼히 물어보면서 여러 후보를 검토한 끝에 '진리의 발견'을 골랐습니다. 글쎄, 저는 이 책 번역 제목에 사랑, 혹은 사랑을 떠올리게 하는 다른 단어가 들어가야 한다고 생각합니다.
진리를 향한 사랑, 생명을 향한 사랑, 그리고 천재들도 꼼짝 못
한 에로틱한 사랑이요.

088

『시간의 탄생』

—

알렉산더 데만트 지음 ｜ 이덕임 옮김 ｜ 북라이프 ｜ 2018[2015] ｜ 728쪽

일화 1: 고대 로마에 해시계가 도입된 건 기원전 3세기경입니다. 당시 희극에서는 어릿광대가 시계의 발명자를 저주하며 불평을 터뜨리는 장면이 나옵니다. "전에는 내 배가 세상 무엇보다 정확한 시계였는데, 이젠 아무리 배가 고파도 시계의 허락 없이는 한 입도 못 먹는다"고요.

일화 2: 소인국에 포로로 잡힌 걸리버의 주머니에서 회중시계가 나왔습니다. 회중시계를 처음 본 소인들에게 걸리버가 "그것 없이는 아무것도 할 수 없다"고 설명하지요. 소인들은 이 말을 어떻게 받아들일까요? 그들은 시계가 신神이라는 결론을 내립니다.

일화 3: 옛 그리스인에게는 연도라는 개념 자체가 없었습니다. 로마에서는 죽은 사람의 나이를 아무도 모르는 경우가 많아서, 묘비의 비문도 '그는 대략 50년을 살았다'라는 식으로 적었다네요. 황제들조차 자기 나이를 모르는 일이 흔했습니다.

알렉산더 데만트의 하드커버 『시간의 탄생』은 물리학이나 우주론에 대한 책이 아닙니다. 고대사 전문 역사학자인 저자는 시간과 인간이 맺어온 다채로운 관계를 728쪽에 걸쳐 소개합니다. 읽다보면 이런 이야기처럼 일견 소소해 보이지만 한편으로는 묵직한 에피소드들을 거의 모든 페이지에서 접하게 됩니다. 과연 우리는 시간의 주인인가요, 노예인가요. 달력과 시계는 우리 삶을 알차게 만드는 유용한 도구인가요, 우리를 쉴 새 없이 다그치고 내모는 채찍인가요.

책 자체는 특정한 주인공이나 일정한 줄거리 없이 다소 뻣뻣한 백과사전적 구성이에요. 그래서 이 밀도 높은 인문서는 단기간에 통독하기보다는 책장에 꽂아두고 '시간' 날 때마다 빼들어 천천히 진도를 나아가는 게 오히려 괜찮은 독서법이 되지 않을까 싶습니다. 꼭 목차대로 소화할 필요도 없을 듯해요. 흥미로워 보이는 챕터부터 펼치는 것도 방법이겠고요.

개인적으로는 시대, 시대정신, 종말론, 영원, 역사 등의 개념을 다룬 13장이 가장 재미있었습니다. 시대정신이나 영원

같은 개념은 어떻게 생긴 걸까요? 후기산업시대의 '후기後期'와
신자유주의의 '신新'은 무엇을 말하는 걸까요? 왜 지금이
후반기이며, 무엇이 새롭다는 걸까요? '전환기'라는 표현은 한
시대를 그 자체의 상징과 특징이 없다며 깎아내리는 의미
아닐까요? 중요한 역사적 사건들은 현대에 올수록 점점 더
자주, 짧은 주기로 일어나고 있는 걸까요, 아니면 그저 이
시대에 시야가 갇힌 우리의 호들갑일까요?

책에서 말하는 것처럼, 사람은 시간과 공간을 알아야 자신을
제대로 인식할 수 있습니다.

아우구스티누스는 "우리는 스스로 만들어낸 상황을
'시대'라고 부른다"고 했다고 합니다. 우리는 어떤 시대를 살고
있는 걸까요. 시간에 대한 다양한 통찰을 접하다보면 자기
인식도 한 뼘 더 깊어지지 않을까요.

089

『촘스키, 사상의 향연』

—

노암 촘스키 지음 | 이종인 옮김 | 시대의창 | 2007[2003] | 936쪽

방송이나 신문에서 이른바 '온갖 문제 전문가'들을 봅니다.
어제는 정치사회를 논하고 오늘은 대중문화를 이야기하고
내일은 과학기술을 경고합니다. 멀리 갈 것도 없이 저도 그런
사람이었습니다. 제가 그럴 자격이 있나 싶어 부끄럽기도 했고
알량한 밑천이 드러날까 두렵기도 했습니다. 요즘은 가능하면
그런 자리에 서지 않으려 하고 있습니다.

그런데 제 자격 여부와는 별도로, 통찰력 있게 사회를
비판하고 위험을 경고하는 전방위 지식인은 꼭 필요하다고
생각합니다. 세상은 갈수록 복잡해지는데 특정 분야
전문가들의 손에만 맡기기에는 영향력이 막대한 사안이

너무나 많습니다. 수많은 사람의 일자리를 빼앗을지 모를
자율운행차 개발 같은 문제를 기업가와 공학자들의 손에
맡겨놓은 채로 있어선 안 된다고 생각해요.

우리 시대에 그런 '전방위 비판 지성'의 이상형을 찾는다면
아마 촘스키 아닐까요. 936쪽짜리 책『촘스키, 사상의 향연』은
촘스키가 그렇게 온갖 문제 전문가로 나서서 발언한 강연
원고와 인터뷰, 에세이 모음집이에요. 베트남전에서부터 대학
개혁, 지식인의 역할, 과학, 국제질서, 포스트모더니즘,
페미니즘, 문법 교육, 사회적 발언과 출세주의에 이르기까지
그야말로 온갖 주제를 다 다루네요.

촘스키가 강연과 인터뷰에서 반복해서 강조하는 핵심
메시지를 한 줄로 요약하라면 '현대 사회가 언론, 교육,
마케팅과 같은 도구를 활용해 어떻게 시민을
세뇌하는가'입니다. 물론 그것도 귀 기울여 들어야 할
이야기지만, 제게 더 재미있었던 부분은 사실 '지적인 수다'에
해당되는 곁가지들이었습니다. 자유의지 논쟁은 영원히
풀리지 않을 것 같다고 추측하거나, 전공인 언어학이 글쓰기
프로그램에는 별 도움이 안 될 거라며 쓴웃음을 짓는 등의.
자신의 언어이론을 쉽게 풀이하는 부분도 있고, 토머스
프리드먼이나 새뮤얼 헌팅턴 등을 실명으로 비판하는 대목도
재미있습니다.

행동하는 양심으로 불리는 그이지만 정작 급진적
행동주의자들에 대해서는 '지적 성실성이 모자란다'고 일침을
놓습니다. 사회과학 종사자에 대해서는 '과학적 개념이
흐릿하다'고 지적하고요. 볼셰비즘도 강력히 비판합니다.
자신의 이론을 이해하지 못하는 엉뚱한 해석에 황당해하는
솔직한 모습도 보여줍니다. 처음부터 일반인을 향한 글이므로,
책 두께가 무색하게 술술 읽힙니다.

책을 펴낸 시대의창 출판사는 촘스키 때문에 정체성이 바뀐
사연이 있어요. 원래 경영서, 자기계발서를 주로 내다가
2002년 발간한『촘스키, 누가 무엇으로 세상을 지배하는가』가
40만 부 가까이 팔리면서 사회과학 출판사로 변신했지요. 국내
출판사 중 촘스키의 저작을 가장 많이 펴낸 곳이기도 합니다.
개정판과 세트를 제외하고 모두 17종을 냈는데, 그중 가장
두꺼운 단행본이 바로『촘스키, 사상의 향연』입니다. 2007년
출간된 이후 꾸준히 팔리고 있다고 합니다.

090

『안 그러면 아비규환』

—

닉 혼비·엘모어 레너드·댄 숀·닐 게이먼·데이브 에거스·셔먼 알렉시·스티븐 킹·캐럴 엠시월러·마이클 무어콕·마이클 크라이튼·글렌 데이비드 골드·릭 무디·크리스 오퍼트·에이미 벤더·할란 엘리슨·켈리 링크·짐 셰퍼드·로리 킹·커렌 조이 파울러·마이클 셰이본 지음 | 엄일녀 옮김 | 톨 | 2012[2002] | 752쪽

한국 문학계는 요새 세대교체기에 들어선 것 같은데, 그런 가운데 이른바 문단문학과 장르소설의 오랜 골을 메우려는 실험들이 한창입니다. "이쪽저쪽 작가들이 한데 모이면 물질과 반물질이 합쳐지는 듯한 폭발이 일어나지 않을까" 기대를 해봅니다. 겹따옴표 안의 비유는 미국 소설가 마이클 셰이본의 표현이에요. 752쪽짜리 소설집 『안 그러면 아비규환』의 말미, 책 제작 과정에 대한 대담에 실려 있습니다. 문단문학과 장르소설 사이의 골은 미국 문학계도 마찬가지인 모양이더라고요.

그런 문학 지형에서 셰이본은 퓰리처상, 휴고상, 네뷸러상을

모두 수상하며 문단과 장르소설계 양쪽에서 인정받은 희귀한 존재입니다. '지루한 순문학 대 가벼운 대중소설'이라는 이분법적 인식에 셰이본은 어지간히 짜증이 났나봅니다. 대담하고 독창적인 편집으로 2000년대 초 미국 문학계의 관심을 한 몸에 받은 독립출판사 맥스위니스의 편집장과 저녁을 먹다가 셰이본은 그런 불만을 토로합니다. "내가 문예지를 만든다면 양쪽 대세 작가들을 모아서 이렇게 저렇게 할 거야"라면서. 그러자 편집장 왈, "그냥 우리 잡지 한 호를 네가 만들어".

그렇게 해서 나온 책이 『안 그러면 아비규환』입니다. 셰이본은 스티븐 킹, 닉 혼비, 닐 게이먼, 마이클 크라이튼 등 설명이 필요 없는 소설가 20명을 모았고, 그들에게 '오싹한 이야기'를 주문했습니다. 장르는 자유. 결과물은 흔한 마케팅 용어가 되어버린 '융합'의 가치를 새삼 실감하게 해줍니다. 어느 소설집에 실려도 좋았을 수작들 가운데 릭 무디의 「앨버틴 노트」처럼 이런 기획 덕분에 작가가 쓰고 독자가 읽게 된 게 아닐까 싶은 작품이 섞여 있습니다. 개인적으로는 댄 숀의 「벌」이 가장 섬뜩했어요. 이렇게 전에 몰랐던 작가의 이름을 알게 되는 것도 이런 기획 앤솔러지에서 얻는 즐거움 중 하나겠지요.

콘셉트뿐 아니라 표지와 본문의 디자인까지 통통 튀는

책인데, 국내 번역서도 그런 요소들을 충실히 반영하려
애썼습니다. 책을 편집한 이수은 스윙밴드 대표는
"1950~1960년대 가판대 잡지 느낌을 추구한 원서의
레이아웃과 삽화를 적절히 활용했다"고 설명하시더군요.
이수은 대표 자신이 맥스위니스 출판사의 오랜 '덕후'여서 더
즐겁게 작업할 수 있었다고 합니다.

091

『엄마가 날 죽였고, 아빠가 날 먹었네』

—

조이스 캐럴 오츠 외 40인 지음 | 서창렬 옮김 | 현대문학 | 2015[2010] | 840쪽

한때 제임스 핀 가너를 필두로 '정치적으로 올바르게 동화 고쳐 쓰기'가 유행했습니다. 신데렐라가 왕자의 구조를 거부하고 대신 여성해방운동을 일으킨다는 식의 뒤틀기가 주장하는 바는 이해했으나, 매력을 느끼지는 못했습니다. 의도는 알겠으나 재미가 없었어요. 한동안 그런 '동화 다시 쓰기'가 유행했던 걸로 기억합니다.

그즈음 디즈니는 설정이나 결말을 살짝 손본 동화 원작 애니메이션들을 내놨죠. 상업적이긴 했어도 이쪽이 더 뭉클하긴 했습니다. 재미도 있었고요. 그럼에도 물거품이 되지 않고 왕자와 결혼하는 인어공주의 결말은 받아들이기

힘들었습니다. 원작 동화의 가장 중요한 핵심을 훼손한다는 느낌이었습니다.

고전 동화의 핵심이 뭘까요. 어린 시절 저는 그런 동화의 어떤 면에 사로잡혔던 걸까요? 저는 어릴 때 무엇보다 동화들이 무서웠습니다. 거기에는 잔인한 마법과 끔찍한 폭력들이 있었고, 거기에 속수무책으로 당하는 나약한 인간들이 있었습니다. 디즈니 애니메이션처럼 깔끔한 해피엔딩도 아니었죠. 많은 이야기가 어둡고 슬펐습니다. 인어공주는 물거품이 되었고 성냥팔이 소녀는 동사했고 장난감 병정은 불 속에서 녹아버렸습니다. 저는 그 동화들이 세상의 불가해한 비극을 좀 온순한 형태로 아이들에게 겪게 해주는, 일종의 정신적 백신 주사였다고 생각합니다.

840쪽짜리 소설집 『엄마가 날 죽였고, 아빠가 날 먹었네』는 고전 동화를 바탕으로 다시 쓴 단편소설 41편을 모은 책입니다. 조이스 캐럴 오츠, 존 업다이크, 닐 게이먼 등 쟁쟁한 대가부터 1970년대생 젊은 작가까지 주로 영미권에서 다양한 소설가가 참여했습니다.

이 책에 실린 상당수의 글이 어둡고 슬픕니다. 그리고 옛 동화처럼 매혹적입니다. 작가들은 정치적 올바름이 아니라 폭력적이고 불가해한 세상과 그에 휘둘리는 인간의 약한 내면을 드러내는 데 집중합니다. 그런 이야기들은 사람 마음을 스산하게 만들면서도 끝내 사로잡고야 말지요.

재해석의 대상이 된 동화 중에는『백설공주』『헨젤과 그레텔』『푸른수염』등 익숙한 것도 있고 멕시코나 베트남의 다소 낯선 민담도 있습니다. 환상문학에 해당할 작품이 많지만, 환상성의 정도는 제각각입니다.

티머시 샤퍼트의「나무의 인어」는 펑크 분위기에 주술을 얹은 기묘한 인어 이야기입니다. 반면 똑같이 인어공주를 모티브로 한 캐서린 바즈의 단편「몸이 사라질 때 소라고둥이 부르는 노래」는 지극히 현실적입니다. 두 작품은 모두 남녀의 엇갈리는 사랑 이야기로, 결말이 인어공주 원작처럼 서글프고 아름답습니다.

한국어판을 펴낸 현대문학의 김현지 단행본 팀장은 "과거와 현재가 만나는 현장에서 탄생한 텍스트의 힘이 컸고, 현대 영미문학의 젊은 작가들도 한국 독자들에게 소개하고 싶었다"며 출간 배경을 설명하시더라고요. 살벌한(?) 제목과 두께에도 불구하고 2015년 출간 뒤 지금까지 5쇄를 찍으며 독자들의 사랑을 받았다고 합니다.

현대문학은『세계의 동화』『주석 달린 안데르센 동화집』『주석 달린 고전동화집』등을 펴내는 등 동화 출간에 진지한 관심을 가져온 출판사이기도 합니다. 그런 곳에서 낸 책답게 원서에는 없는 원작 동화의 내용 요약이 뒤에 부록으로 실려 있는데, 저처럼 기억이 가물가물한 독자들에게 쏠쏠히 도움이 될 겁니다.

092

『THE 좀비스』

—

스티븐 킹 외 33인 지음 | 최필원 옮김 | 북로드 | 2015[2008] | 920쪽

몇 년 전 어느 장르소설 전문가와 이야기를 나누다 그가 '좀비 소설은 이래야 한다, 저래야 한다'는 규칙을 강조하기에 속으로 답답해한 적이 있었습니다. 그런 장르 규칙들은 재미있게 가지고 놀기 위한 용도이지, 경외하며 수호해야 할 율법이 아닐 텐데요. 그가 뻐기며 과시하는 단편적인 지식들에 감탄하는 마음보다는 안타까운 마음이 들더군요. 제가 모르는 내용들도 아니었고요.

전통과 규칙을 지나치게 무겁게 받아들이는 게 변방의 마니아들이 쉽게 빠지는 함정 같습니다. 중심부에서 떨어져 있다는 콤플렉스 때문에 '순수한 본질'이라는 허상에 집착하고

나는 진짜, 너는 가짜라며 인정투쟁을 벌이게 되는 것
아닐까요. 1990년대 한국의 록 마니아들이 그랬고, 더 거슬러
올라가면 조선 후기 사대부들의 성리학 사랑도 마찬가지가
아니었나 싶습니다.

　지금 누가 제게 다시 좀비물의 규칙을 강조하면 "혹시『THE
좀비스』읽어보셨나요?"라고 슬쩍 물어보렵니다. 이 책은
휴고상 수상자이자 장르소설 전문 편집자인 존 조지프
애덤스가 엮은 좀비 소재 단편소설 작품집입니다. '어떻게 이
사람들을 한자리에 모았지?'라는 질문이 절로 나오는,
그야말로 올스타전입니다. 스티븐 킹, 조지 R. R. 마틴,
클라이브 바커, 닐 게이먼, 댄 시먼스 등 최고의 작가들이
참여했어요. 이 거장들이 소위 '장르 규칙'을 어떻게 대할 것
같습니까? 신나게 뒤틀고 놀려대고 무시합니다.

　그러다보니 34편에 이르는 수록작들이 모두 같은 소재를
다뤘음에도 불구하고 반복이라는 느낌은 전혀 주지 않고
저마다 독특한 주제와 개성을 자랑합니다. 날선 정치풍자물이
있는가 하면 애틋한 로맨스가 있고, 인간 실존의 조건을 묻는
작품, 전위적인 실험소설도 있습니다.

　당연하다면 당연합니다. 좀비는 죽음과 부활, 생존 경쟁,
영혼과 껍데기 같은 거창한 관념을 구체적인 형상으로
전달하는, 대단히 강력하고 매력적인 비유 아닌가요. 그런

상징물을 특정 시공간이나 서사 문법과 묶어야 한다는
주장이야말로 좀비처럼 생기 없는 관성에서 비롯된 아집
아닐까요.

이 책은 참여 작가들의 위상도 그렇지만 분량도
‘끝장판’스럽습니다. 한국어 번역본은 무려 920쪽입니다.
출판사 북로드는 이 두툼한 원고를 나누지 않고 한 권으로
펴낸 이유에 대해 “마니아들이 소장하도록, ‘좀비 문학의
바이블’이라는 느낌을 주고 싶었다”고 설명했습니다. 그런
전략이 맞아떨어져 출간 두 달 만에 2쇄를 찍었다고 합니다.

개인적으로는 애덤-트로이 캐스트로의 단편 「나처럼
죽어봐」를 특히 인상적으로 읽었습니다. 좀비 사이에서
살아남기 위해 좀비 흉내를 내는 사나이의 이야기입니다.
작가는 묻습니다. 당신은 살아남기 위해 얼마나 비참해질 수
있는가, 라고요. 재미있게 읽다가 이렇게 한 방씩 얻어맞는
경험이 짜릿합니다.

『한국추리소설 걸작선』1, 2

—

김내성 외 43인 지음 | 한스미디어 | 2012 | 1권 744쪽 | 2권 740쪽

책 좋아한다는 사람 중에 추리소설을 싫어하는 사람이 있을까요? 이런저런 이유를 들어 SF나 판타지, 로맨스 장르를 읽지 않는다는 독서가는 봤지만 추리소설을 피한다는 이는 못 봤어요(혹시 있다면 알려주세요). 애서가들의 독서 편력을 들어보면 열에 아홉은 어릴 적 읽었던 셜록 홈스 시리즈를 말합니다. 저도 마찬가지예요.

개인적으로는 추리소설보다 '범죄소설'이라는 용어를 선호합니다. 탐정소설, 형사소설이라는 말을 쓰지 않는 것과 같은 이유에서입니다. 탐정, 형사, 혹은 '추리'가 나오지 않아도 훌륭한 범죄소설들이 있으니까요. 범인 찾기, 트릭 풀기에서

눈을 돌리면 감상의 폭이 더 넓어지는 작품도 많습니다.
범죄는 강렬한 드라마를 일으키며, 늘 얼마간은 사회적 요소를
품고 있습니다.

그런 맥락에서 『한국추리소설 걸작선』 1, 2권을 읽는 일은
이중으로 즐거웠습니다. 수수께끼 풀이의 쾌감, 한국
추리문학의 계보와 선배 작가들의 분투를 발견하며 얻는
감흥도 물론 컸습니다. 동시에 시대에 따라 달라지는 한국
사회의 모습과 한국인들의 심리를 쫓아가며 읽어내는 독서도
흥미진진했어요. 해외 범죄소설, 혹은 어느 작가의 단독
단행본을 읽으면서는 얻지 못했을 재미죠.

전체 1484쪽 분량인 책 두 권에 모두 44편의 단편소설이
실려 있습니다. 김상윤의 「드래구노프」처럼 국경 밖에서
자유로운 상상을 신나게 펼치는 작품들도 있지만, 역시 한국의
범죄에 눈길이 갑니다. 김성종의 「회색의 벼랑」은 냉전 시대의
히스테릭하면서도 살벌한 기운을, 서미애의 「반가운
살인자」는 외환위기 이후 파괴된 가정의 풍경을 실감 나게
전합니다. 외국인 노동자와 이주 여성을 소재로 한 한이의
「체류」, 갑질 문제를 다룬 송시우의 「사랑합니다, 고객님」은
진지하고 날카로운 사회 비판 소설이기도 합니다.

상당수 작품이 아내의 불륜에 대한 가부장의 분노(혹은
공포)를 다룬다는 점은 흥미로운 분석 포인트가 될 수

있겠습니다. 그 순간의 독특하게 습하고 탁한 분위기까지
포함해서 말이죠. 2012년에 나온 선집이라 네이버와
미다졸람은 나오지만 소셜미디어와 펜타닐은 아직 언급되지
않습니다. 언젠가 3권이 나온다면 2020년대 한국 사회를
보여주는 범죄로 어떤 것이 등장할지 상상해봅니다. 소재가
부족하지는 않겠죠? 씁쓸한 얘기입니다만.

7장

버거운 책을 읽는다는 좋은 경험

무엇보다 버거운 벽돌책을 읽으면 지적으로 겸손해집니다.

다소 뜬금없이 들릴지도 모르겠지만 저는 문해력의 핵심은

어휘력이 아니라

지적 겸손에 있다고 생각합니다.

내용도 어려운데 두껍기까지 한 벽돌책을 보면 한숨이 나옵니다. 지루해서 도무지 책장이 넘어가지 않는 벽돌책도 있습니다. 꼭 읽어야 하느냐고요? 그럴 리가요. 어떤 책을 미워하게 되는 가장 빠른 방법은 그 책을 억지로 읽어야 한다고 여기는 것입니다. 영 안 읽히면 덮고, 궁금증의 대상으로 놔두는 편이 차라리 더 낫다고 생각합니다.

하지만 내용도 어려운 벽돌책, 지루해서 도무지 책장이 넘어가지 않는 벽돌책을 끝까지 읽는 것도 의미가 있더군요. 심지어 그런 책을 통해서만 얻는 깨달음과 이익도 있더라고요.

먼저 버거운 벽돌책을 읽으면서 우리는 자신의 지적 한계가 어느 선인지 가늠하게 됩니다. 다른 두툼한 책, 복잡한 주장 앞에서 '내가 이 정도는 소화할 수 있다'거나 그렇지 않다고 좀더 정확하게 예상할 수 있지요.

어떤 사안을 다 이해하지 못하는 채로 파고들어가는 훈련도 하게 됩니다. 사실 실제 세계에서 문제를 맞닥뜨릴 때 우리는 바로 그런 방식으로 대상을 조금씩 연구하면서 파악하죠. 벽돌책 독자는 납득되지 않는데도 읽어야 하는 대목, 왜 중요한지 알지 못하는 채로 참고 넘겨야 하는 구간들을 통과하면서 재미와 가치를 분리하는 연습을 합니다.

현대의 콘텐츠 환경에서는 이런 경험을 하기 어렵죠. 현대의 콘텐츠 소비자들은 재미가 없으면 시청이나 독서를 바로

포기하고, 플랫폼들은 그런 고객들을 붙잡기 위해 끊임없이
즉각적인 만족을 선사하는 콘텐츠를 만들어냅니다. 거기에
익숙해진 사람들은 참을성이 더 줄어드는 악순환이
벌어지고요.

무엇보다 버거운 벽돌책을 읽으면 지적으로 겸손해집니다.
어렵고 복잡하고 두꺼운 책을 읽으면서 제가 가장 많이 하는
생각은 '세상에는 똑똑한 사람이 참 많구나' 하는 겁니다.
낑낑거리며 간신히 한 대목을 이해했을 때, 저는 겨우 이해한
대목을 누군가는 심지어 써내기까지 했다는 점에서 저절로
고개가 숙여집니다.

—

다소 뜬금없이 들릴지도 모르겠지만 저는 문해력의 핵심은
어휘력이 아니라 지적 겸손에 있다고 생각합니다.
몇몇 누리꾼이 '사흘'이나 '금일' '심심甚深한 사과' 같은
단어를 이해하지 못해 벌어진 해프닝들이 있었죠. 제가 정말
문제라고 생각한 것은 그들이 해당 단어의 뜻을 몰랐다는
사실이 아니었습니다. 모르는 단어, 혹은 적어도 앞뒤 맥락과
잘 이어지지 않는 느낌이 드는 단어가 나왔을 때 사전을
찾아보지 않는다는 게 큰 문제라고 생각했습니다. 그보다 더

큰 문제는 단어의 뜻을 오해했다는 지적을 받았을 때 '왜 쉬운
단어를 쓰지 않느냐'며 발끈하는 태도라고 봤고요.

'나는 모르는 게 많다'고 여기는 사람과 '나도 알 만큼 알아,
너만큼 알아'라고 믿는 사람의 간극은 어마어마하게 큽니다.
전자는 점점 더 배우고 발전하며 세상을 좀더 정확히 보게
됩니다. 지적으로 겸손한 태도는 현명한 사람들의 호감을 얻는
데에도 유리하겠지요. 반면 후자는 내면의 발전 없이 복잡한
세상을 자신의 단순한 이해에 끼워맞추며 살게 됩니다. 엘리트
혐오와 대중영합주의에 빠질 가능성도 높을 겁니다.

제 분석이 옳다면 해법은 한자 교육이 아니라 지적 겸손을
키우는 것이겠지요. 기실 저는 한 분야의 전문가, 식자층에
속한다고 여겨지는 사람들 중에서도 '나도 알 만큼 알아,
너만큼 알아'라는 지적 오만을 품고 있는 분들을 적잖이
봤습니다. 자기 분야에서 얻은 권위를 바탕으로 자신의 전문
분야가 아닌 영역에서 괴상망측한 주장을 펼치는 분도
있습니다. 그쯤 되면 단순히 문해력 문제라고 부를 차원이
아닌 지적 질병입니다.

그런 병에 벽돌책 독서가 치료제는 될 수 없을지 몰라도
예방 백신 정도는 되지 않을까 합니다. 세상에는 우리가
이해할 수 없는 복잡한 사실들, 어려운 질문들이 있습니다.
AI와 숏폼 미디어들은 그런 문제들을 이해했다는 환상을

줍니다. 그런 서비스들 속에 있다보면 똑똑해지는 것 같고
세상을 더 잘 알게 된 것 같아 흐뭇하지요. 정치에, 경제에,
국제정세에 훈수도 두고 싶어집니다. 버거운 벽돌책 독서는
그와 딴판입니다. 읽으면서 점점 더 혼란스러워집니다. 읽는
동안 사전도 찾거나 용어를 검색해야 할 일도 잦습니다.

　물론 도저히 이해하지 못할 것 같던 책의 내용을 완독 즈음
파악하게 된다면 성취감은 굉장하겠지요. 하지만 끝내 책의
내용을 다 이해하지 못한다 해도, 그 역시 소중한
깨달음입니다. 난해한 책과 제대로 겨루고 그 앞에 무릎을
꿇어보십시오. 이후에 보이는 풍경은 전과 같지 않을 겁니다.

—

　버거운 벽돌책을 읽는 이점에 대해서 이러쿵저러쿵
적어봤지만, 어떤 분들께는 여전히 완전히 이해하지 못할지도
모르는 책에 도전한다는 게 찜찜하게 다가올지도 모르겠어요.
하지만 어떤 책을 읽든 '모든 내용을 명쾌하게 이해해야
한다'는 마음을 먹는 건 무리한 욕심 아닐까요?
　저는 벽돌책이건 아니건 어떤 책을 읽을 때 제 정신이
흡수할 수 있는 만큼 책의 내용을 흡수하고 나머지는 그냥
흘려보낸다고 여깁니다. 그래도 책의 어떤 부분은 제 내면에

여러 자국을 남깁니다.

　벽돌책들인 더글러스 호프스태터의『괴델, 에셔, 바흐』,
페르난두 페소아의『불안의 서』(『불안의 책』), 허먼 멜빌의
『모비 딕』을 그야말로 끙끙 앓으며 읽었어요. 제가 그 책들을
제대로 이해하는 건지 잘 모르겠고, 그래서 서평을 쓸 엄두를
못 내고 있습니다. 하지만 저 책들도 제 내면에 굵은 자국들을
남겼어요.『괴델, 에셔, 바흐』에서 얻은 아이디어로 단편소설도
한 편 썼습니다.

　저는 핵심이나 결론을 포착해야 한다, 그 핵심 혹은 결론을
제 전두엽 어딘가에 새겨넣어야 한다는 생각으로『괴델, 에셔,
바흐』나『불안의 서』『모비 딕』을 읽지는 않았어요. 그보다는
어렵다는 저 책들이 제 내면에 어떤 충격을 안길지, 어떤
자국을 남길지 기대하며 읽었습니다. 남들이 말하는 핵심,
결론이야 언제든 검색하면 금방 나오는데 굳이 제 머릿속에
담아야 할 이유를 잘 모르겠습니다.

　거듭 말씀드리지만 벽돌책 독서의 의의는 과정에 있지
결론에 있지 않습니다. 꼭 정상에 오르지 않아도 산의
아름다움을 즐길 수 있고 등산의 효과도 누릴 수 있습니다.
벽돌책도 마찬가지입니다. 하이킹 한번 해보시지요.

심오하거나 다소
딱딱한 벽돌책들

어렵거나 딱딱해서 버거웠던 벽돌책 여섯 권을 소개합니다.
저한테만 어렵거나 딱딱했을지도 모르겠습니다. 저한테는 이
여섯 권 중 버겁지만 흥미진진한 책들도 있었습니다. 어쨌든
읽다가 '도저히 못 읽겠다, 왜 읽어야 하는지 모르겠다'는
생각이 드시거든 과감히 책장을 덮으셔도 됩니다. 고백하자면
저도 많은 벽돌책을 읽다 그만뒀습니다.
　니얼 퍼거슨의 『로스차일드』는 제 기준에서 660쪽인 1권은
벽돌책이 아니고, 852쪽인 2권은 벽돌책인데, 1권을 읽다가
포기했습니다. 지루하더라고요. 744쪽인 한나 아렌트의
『정신의 삶』은 무슨 말인지 이해가 가지 않아서 같은 페이지를

읽고 또 읽기를 되풀이하다 접은 상태입니다. 나중에 다시 도전해보려 합니다만, 언제가 될지 모르겠습니다. 776쪽인 로버트 루트번스타인의 『과학자의 생각법』도 마찬가지입니다. 역시 언제 다시 펼치게 될지 모르겠습니다. 상권이 976쪽, 하권이 1040쪽인 글항아리 출판사의 『사기열전』이 『사기열전』의 여러 국내 번역본 중 결정판이라고 하는데, 이상하게 진도가 안 나가네요. 제일 첫 편인 「백이열전」만 몇 번을 읽었는지 모르겠습니다. 이런 목록은 한도 끝도 없습니다.

자, 이렇게 100권의 벽돌책을 소개하네요. 어쩌다보니 칼 세이건의 『코스모스』(719쪽)나 재레드 다이아몬드의 『총 균 쇠』(784쪽)처럼 벽돌책의 대표 격으로 꼽히는 책들은 빠졌습니다. 너무 유명하고 다른 사람들이 많이 추천하는 책이다보니까 정작 저는 뒤로 미루게 됐습니다. 물론 『코스모스』나 『총 균 쇠』로 벽돌책 경험을 쌓는 것도 좋습니다. 웹서핑이나 숏폼, 얇은 책에서 얻을 수 없는 긴 체험을 해보시길 바랍니다. 변화해보시길 바랍니다. 그러면, 즐거운 독서하시기를요!

『선과 모터사이클 관리술』

—

로버트 메이너드 피어시그 지음 | 장경렬 옮김 | 문학과지성사 | 2010[1974] | 800쪽

난해한 제목이고, 사실 내용도 어렵습니다. 번역본 기준 꼭 800쪽인 분량도, 세계를 이해하고 진리를 발견하겠다는 전투적인 주제의식도 만만치 않아요. 로버트 M. 피어시그의 『선禪과 모터사이클 관리술』은 소설 형태를 취하고는 있지만 줄거리 요약이 큰 의미가 없는 소설이기도 합니다. 어떤 면에서는 이 책의 줄거리를 요약하는 일이 책의 메시지를 배반하는 것 같기도 해요.

저자이자 화자가 마지막에 깨닫는 바에 따르면, 주체와 객체는 따로 분리되어 존재하지 않습니다. 주체와 객체를 나누는 이원론에서 현대 문명의 비극들이 시작됩니다.

유일하게 존재하는 현실은 주체와 객체가 만나는
사건뿐입니다. 주체의 자리에 '독자'를, 객체에 '책'을, 사건에
'독서'를 넣어도 성립하는 말일 것 같네요. 즉, 저의 내용
요약은 절대 다른 누군가의 독서라는 사건을 대신할 수
없습니다.

그러니 내용 소개는 포기하고, 차라리 이 책이 제게 일으킨
사건을 이야기해볼까요. 저는 이 책을 읽으며 한 사람이 서양
철학 전체에 맞서도 된다는 사실을, 한 사람이 그럴 수 있다는
사실을 깨달았습니다. 칸트를 비웃고 인도철학에 작별을
고하고 노자를 재해석하고 아리스토텔레스를 무너뜨리는
작업을 해도 됩니다. 세계와 진리에 대한 독자적인 사상을
펼쳐도 됩니다. 피어시그의 작업에 비하면 계몽주의를
비판하는 일 정도는 수월해 보였고, 나중에 저는 그런 철학을
설파하는 살인범이 나오는 소설을 썼습니다.
성공적이었는지는 모르겠네요.

'질質의 철학'은 동의하든 거부하든 격렬하게 응답할 수밖에
없는 거대하고 도발적인 주장입니다. 솔직히 저는 크게
감명받았습니다. 저 같은 사람이 많아서, 출간 40년이 지난
지금도 해외 인터넷에서는 재야 철학자들이 사이트를 만들어
이 책에 대해 토론 중이에요. 그 철학과는 관계없지만 문장은
내내 유려함을 넘어 아름답고, 책 출간 뒤 저자와 아들에게

벌어진 사건을 담담히 적은 후기는 무척 기묘하고 슬펐습니다.

　장경렬 서울대 영문과 교수는 원문을 정확하게 한국어로 옮기기 위해 정비소에서 실제로 모터사이클을 분해해가며 기술 용어를 배웠다고 합니다(장 교수는 "이 책을 사볼 여력이 안 되면 훔쳐서라도 읽어라"라고 합니다). 그렇게 번역을 마치는 데 10년이 걸렸다고 하네요. 계약을 두 번이나 갱신하면서 더딘 번역 작업을 기다려준 문학과지성사도 대단합니다. 번역가에게나 출판사에게나 '나는 10년쯤 지나도 여전히 위력적일걸' 하고 믿음을 주는 책이었기에 가능한 일이었겠지요.

096

『컨버전스』

—

피터 왓슨 지음 ｜ 이광일 옮김 ｜ 책과함께 ｜ 2017[2016] ｜ 704쪽

중학생 때였던 것 같습니다. 기압이 기체 분자의 운동 결과임을 알고 감명받은 적이 있습니다. 고등학생 때는 원소의 화학적 성질이 가장 바깥 전자껍질에 있는 전자에 달려 있음을 배우고 놀랐어요. 이상기체 방정식과 운동에너지 공식이, 물리학과 화학이 연결되는 순간. 신기하기도 했고, 숨어 있던 깊은 질서의 존재를 깨닫는 듯해 잠시 숙연해지는 기분마저 들었습니다.

문화사 분야에서 역작들을 써낸 논픽션 작가 피터 왓슨은 그런 발견들이 19세기 중반부터 과학사에서 빈번히 일어났으며, 현재도 활발히 진행 중이라고 역설합니다. 물리학이 화학과 거의 합쳐졌고, 화학과 생물학이 만나 분자생물학을

낳았습니다. 이제 생물학, 심리학, 경제학이 한데 어우러지고
고고학, 유전학, 언어학이 협력하는 모습도 낯설지 않습니다.

한 분야의 연구가 다른 분야 연구의 도움을 받고, 여러 학문의
연구 대상이 하나로 합쳐지면서 전에 보지 못했던 큰 그림이
드러나는 지적 사건들에 뭐라 이름을 붙여야 할까요. 왓슨은
에드워드 윌슨이 사용한 '통섭consilience' 대신 '집합, 수렴' 정도로
옮길 수 있는 컨버전스convergence라는 용어를 택했습니다.

704쪽짜리 책 『컨버전스』의 앞부분 3분의 2가량은
지금까지의 통합 서사를 흥미진진하게 정리한 과학사
서적입니다. 나머지 3분의 1은 이 서사가 암시하는 바를
추측하고, 미래를 전망하는 도발적인 과학철학 교양서입니다.
저자는 환원주의라는 비판을 감수하고 과감히 나아갑니다.
앞부분도 재미있지만 저는 뒷부분이 더 흥미로웠어요.

그래서, 종국에는 모든 학문이 하나로 합쳐질까요? 철학,
예술, 윤리를 과학이 설명하는 날이 올까요? 물리학과 수학이
통합된다면, 우주가 곧 수학이라는 의미일까요? 우리가 아는
모든 현상과 이론 뒤에는, 언뜻 무한해 보이는 다양성을 낳은
심오한 질서가 숨어 있고, 우리는 아직 그것을 찾지 못했을
뿐일까요? 그 원리가 바로 '궁극의 진리'일까요? 아니면 이게 다
최근 과학의 성과에 놀란 학자들이 벌이는 호들갑일까요? 여러
분야에 두루 관심 있는 지적인 독자라면 분명히 빠져들 책입니다.

097

『보수의 정신』

러셀 커크 지음 | 이재학 옮김 | 지식노마드 | 2018[1953] | 856쪽

2020년 대한민국에서 진보, 보수라는 말은 사전적 의미와는 별 상관없이, 특정 정치 패거리와 그 지지자들을 각각 일컫는 용어로 더 많이 쓰입니다. 두 패거리가 추구하는 것은 가치라기보다는 그냥 자기들의 패권입니다. 그건 그것대로 슬픈데, 진보와 보수의 철학을 제대로 설명하는 이조차 찾기 힘든 현실은 기가 막히네요. 글줄깨나 읽었다는 사람이 "보수는 경제와 안보, 진보는 인권과 복지"라는 식의 당황스러운 이분법을 펼칩니다.

그런 분들께 미국의 정치이론가 러셀 커크의『보수의 정신』을 권합니다. 856쪽이라는 분량이 부담스럽다면 저자

서문과 부록인 '보수의 10대 원칙'만 읽어도 생각이 흔들릴 겁니다. 보수주의자가 쓴, 보수주의자를 위한, 보수주의에 대한 책입니다. 그러나 보수의 철학을 파고들면 당연하게도 진보가 추구하는 가치를 둘러싼 통찰 역시 얻을 수 있습니다.

보수주의자는 신중합니다. 연구실에서 막 합성된 신물질에 대해 우리가 그러하듯이, 보수주의자는 대학이나 인터넷에서 갓 나온 사회 변혁의 아이디어를 경계합니다. 변화를 거부하는 게 아닙니다. 부작용의 가능성을 인정하고 최악의 사태를 미리 차단하자는 것입니다. 이런 태도 아래에는 '인간은 불완전하다'는 믿음이 있습니다. 그래서 보수주의자는 정치적 독선과 낭만적 이데올로기를 혐오하고 전통과 현실을 겸손하게 존중합니다.

그는 사회 발전이나 인간의 선량함에 분명한 한계가 있다고 봅니다. 이런 인식은 질서, 계급, 규범, 분배에 대한 보수주의적 관점으로 이어집니다. 이런 신조들이 체계적 교리로 모아지지는 않지만 그렇다고 마냥 뒤죽박죽은 아닙니다. 저자는 에드먼드 버크 이후 보수주의의 역사를 쫓아가며 그 '정신'을 붙잡으려 합니다.

책 자체가 나온 지 60년이 넘은 데다 미국의 정치사, 사상사를 모르면 쉽지 않은 대목들이 있습니다. 저자의 화법도 꽤 딱딱하지요. 『뉴스위크』 한국판 발행인을 지낸 옮긴이가 번역에 1년을 꼬박 매달렸다고 합니다. 특히 '보수의 10대 원칙'은 역자가 커크의 저서를 살펴보다 발견해서, 원서에는 없는 내용을 러셀 커크 재단의 허가를 받아 한국어판에 실었습니다.

지식노마드가 역자를 물색할 때에는 "팔리지 않을 텐데……"라며 만류하는 이도 있었다고 합니다. 막상 책은 국내 출간 뒤 2년이 안 돼 7쇄를 찍었습니다. '진짜 보수'의 정신을 찾고 싶었던 독자가 그만큼 많았나봅니다.

098

『붕괴』

—

애덤 투즈 지음 | 우진하 옮김 | 아카넷 | 2019[2018] | 964쪽

2016년 미국에서는 도널드 트럼프가 대통령으로 당선되었고, 같은 해 영국에서는 국민투표 결과 유럽연합을 탈퇴한다는 결정이 내려졌습니다. 비슷한 시기 유럽에서는 온건 좌파 정당들이 몰락하고 극우 정당들이 세를 불렸죠. 선진국 곳곳에서 민주주의가 후퇴하고 있다는 진단이 잇따랐습니다.

경제사학자 애덤 투즈는 이런 현상들의 근본 원인으로 2007~2008년 세계 금융위기를 꼽습니다. '금융위기 10년, 세계는 어떻게 바뀌었는가'라는 부제가 달린 저작『붕괴』에서 그는 세계 금융위기의 원인과 결과를 자세히 분석합니다. 특히

제가 관심을 갖고 읽은 부분은 그 정치적 여파였습니다.

번역본으로 964쪽에 이르는 만만치 않은 이 책에서 미국 정치에 대한 부분만 거칠게 옮겨봅니다. 2007년 위기를 맞은 미국 금융당국의 대응은 "월스트리트를 먼저 살리자"는 것이었습니다. 이들은 '금융 시스템'을 보호하는 데에는 성공했으나 수많은 실업자를 보호하지는 못했습니다. 2009년 이후 경제 회복의 혜택은 극소수에게만 돌아갔고, 모두가 '이건 뭔가 잘못됐다'는 느낌을 품게 됐어요. 시위대는 "월가를 점령하라"는 구호를 외쳤습니다.

2016년 미국 대선을 결정한 힘은 2008년 금융위기에 대한 분노였습니다. 여론조사에서 사회주의에 긍정적이라고 대답한 미국 청년층이 크게 늘었습니다. 민주당 주자로 주목을 받은 버니 샌더스는 월가의 적이라는 점에서는 트럼프와 같았습니다. 정책 공약이 허황되다는 비판을 받으면 트럼프 지지자들은 이렇게 되물었습니다. "그러면 연준이 미친 듯이 은행에 자금을 퍼주고 미래의 납세자에게 부담을 떠넘긴 것은 정상적인 정책이었나?"

2019년에 발간된 한국어판 서문에서 저자는 현재 서구 사회의 가장 큰 문제점은 포퓰리즘이라고 분석하면서, 한국은 이 책 후반부에 나오는 정치적 대격변을 겪지 않고 세계 금융위기를 극복한 덕분에 성장과 변화를 이뤘다고 찬사를

보냅니다. 립 서비스였을까요, 아니면 너무 섣부른
진단이었을까요. 경제적 불평등이 불러온 좌절과 계급 갈등,
포퓰리즘 득세와 정치의 공백은 고스란히 지금 한국의
모습이지 않은가요.

099

『로마는 왜 위대해졌는가』

—

메리 비어드 지음 ｜ 김지혜 옮김 ｜ 다른 ｜ 2017[2015] ｜ 720쪽

다른 출판사의 김한청 대표는 번역서 출간을 기획할 때 '독자를 딱 한 명 꼽는다면 누가 좋을까, 그 사람에게 도움이 되는 책인가, 그가 이 책을 재미있어할까'를 고민한다고 합니다. 고전학자 메리 비어드의 720쪽짜리 저작『로마는 왜 위대해졌는가』를 펴낼 때 그 질문의 답은 대통령이었다고 하네요. 이후의 확장 독자로는 기업의 최고 경영자들을 떠올렸다고 합니다.

그 이야기를 듣고서『로마는 왜 위대해졌는가』를 다시 펼치니 새삼 흥미롭다는 생각이 들었습니다. 로마를 소재로 한 다른 인문교양서나 영상물처럼 이 책도 로마 공화정이

무너지고 제정이 시작되는 시기를 가장 비중 있게 다룹니다. 그런데 흔히들 주인공으로 삼는 카이사르가 아니라 키케로와 아우구스투스에 초점을 맞춥니다. 게다가 이들을 미화하지 않습니다.

독재자의 등장을 막고 공화제를 지키겠다는 키케로의 목표는 왜 실패했을까요? 어떤 판단이 문제였고, 어떤 약점들이 그의 발목을 잡았을까요? 이런 질문에 대한 저자의 답변을 우리 시대의 정치인들이 새겨들으면 좋겠어요. 아우구스투스는 어떻게 그리도 성공적으로 로마를 장악했을까요? 어떤 가면과 술수가 먹혀들었을까요? 조직을 이끄는 운영자들이 주의 깊게 살펴야 할 대목입니다.

한편 저자는 역사에서 교훈을 얻으려는 이런 관성 어린 시도 자체도 경계해야 한다고 주문합니다. 로마는 놀라울 정도로 현대적인 면모를 갖췄지만, 동시에 현대인은 도저히 이해하기 어려운 야만적인 관습과 사고방식이 있었던 낯선 땅이기도 했습니다. '로마에 관한 한 편의 이야기 같은 것은 없으며', 로마인들 역시 로마의 정체를 혼란스럽게 여겼습니다.

책은 후대의 신화화를 걷어내고 매력적인 이국異國 로마와 그곳 사람들을 새롭게 보여줍니다. 이용하는 자료는 시, 편지, 연설문에서부터 법안과 장부에 이르기까지 로마인들이 직접 남긴 풍부한 기록들입니다. 정치인이나 경영자가 아니더라도 역사에 관심 있는 교양 독자에겐 그런 이유로 충분히 즐거울 책입니다. 영국 케임브리지대학 교수인 저자가 왜 현역 로마 연구자 가운데 가장 독창성이 돋보이는 인물로 꼽히는지, 왜 BBC 방송국의 러브콜을 꾸준히 받는지도 알 것 같습니다.

100

『호라이즌』

—

배리 로페즈 지음 ｜ 정지인 옮김 ｜ 북하우스 ｜ 2024[2019] ｜ 928쪽

해외여행이 어렵지 않은 일이 되면서 여행 에세이라는 장르의 성격도 변했지요. 전에는 가보지 못한 여행지에 대한 대리만족을 제공하는 매체였습니다. 이제는 살아보지 못하는 삶을 간접 체험하게 해주는 데 무게가 실립니다. 퇴사하고 유럽 인문 기행을 떠난다든가, 치앙마이에서 히피처럼 지내며 '힐링'된다든가. 그러면서 여행 에세이는 여전히 초보 작가들에게는 데뷔 창구로, 유명인 저자에게는 사적인 면을 보여주는 작은 무대로 기능합니다.

전미도서상 수상자인 배리 로페즈의 여행 에세이이자 회고록『호라이즌』을 소극장 공연에 비유해도 될까요?

세계적인 여행 작가라는 이름값, 번역서로 928쪽에 이르는
책의 분량, 남극 대륙에서 갈라파고스 제도에 이르는
스케일에도 불구하고, 원로 배우가 아주 긴 시간 독백하는
일인극이라고 말입니다. 낯선 공연이기는 합니다. 여행
에세이에 흔히 기대하는 설렘과 흥분의 정서는 없습니다. 관광
조언도 없고 맛집 추천도 없어요.

저는 이 책을 온라인 독서모임에서 다른 이들과 함께
읽었는데 페르난두 페소아의『불안의 서』가 연상된다고 중간
소감을 적었습니다. 아름다운 문장이 통찰을 실어 나르지만
예리한 관찰이 길게 이어지지 않고 상념에 섞여 툭툭 끊기는
두꺼운 책이라고요. 어떤 대목에서는 솔직히 '어쩌라고? 여섯
번째 대멸종이 그렇게 걱정되면 당신부터 비행기를 덜 타야
하지 않을까?' 하는 반발심도 일었어요.

이 서평을 쓰기 위해 책장을 다시 넘기면서는 책의 주제가
여행도, 대자연의 아름다움도, 인류 문명에 대한 반성도
아니라고 느낍니다. 죽음을 앞둔 저자가 자기 인생이
무엇이었는지 답을 정리하려 쓴 글이라 생각합니다.

여행 에세이가 초보 작가에게 적합한 장르인 건 좋은
에세이가 보여줘야 할 작가의 개성이 여행을 통해 자연스럽게
드러나기 때문입니다. 여행 에세이가 유명인에게 적합한
장르인 건 그가 '스타'라는 피상적인 기호가 아니라 살아 있는

개인임을 보여주기 때문입니다. 누군가 여러 여행지에서 보고 듣고 느낀 것을 읽고 그의 인생을, 상처와 어둠까지 간접 체험할 수도 있을까요. 『호라이즌』은 그렇다고 말하는 긴 답변서입니다.

살면서 한번은 벽돌책

1판 1쇄 2026년 3월 13일
1판 3쇄 2026년 3월 31일

지은이 장강명
펴낸이 강성민 이은혜
편집 양나래 심예진 최유진
관리 편집보조 김유나 김지우
마케팅 정민호 한민아 이민경 한경화 박진희 황승현 김경언 양지연
브랜딩 함유지 이송이 박민재 김하연 신은서 이준희 조다현

펴낸곳 (주)글항아리 | 출판등록 2009년 1월 19일 제406-2009-000002호

주소 경기도 파주시 문발로 214-12, 4층
전자우편 bookpot@hanmail.net
전화번호 031-955-2690(마케팅) 031-941-5161(편집부)

ISBN 979-11-6909-543-3 03800

www.geulhangari.com